# Aliboli Ungajezile (Limbula Ingubo Lingene)

Vusi Khumalo and S T Mthombo

Published by Vusi Khumalo, 2024.

ALIBOLI UNGAJEZILE (LIMBULA INGUBO LINGENE)

**First edition. June 12, 2024.**



ISBN: 979-8227070753

Written by Vusi Khumalo and S T Mthombo.

# Okuqukethwe

# OKUQUKETHWE YILENCWADI

# AMAZWI OKUBONGA

SIYABONGA KAKHULU NGALOMSEBENZI omuhle kangaka esinethemba lokuthi nizowuthokozela ngendlela esiwuthokozele ngayo nathi,nizofunda okuningi ngalombhalo wethu.angibonge undodakazi uThobeka Gumbi (Mfihlo) ngokungixhumanisa neciko okugama lalo uVusumuzi Khumalo,engithe mangizwa ngalo ukuthi liwumbhali ngabe sengicela ukuxhumaniswa nalo ukuze sikhiphe lonqambothi wencwadi.

Sibonge nomdali osiphe amandla nobuhlakani bokuloba lobubuciko esicikoza ngabo saze sahluba udlubu okhasini,ngibonga ubaba uSimon T Mthombo ngokungethemba okuthe mezwa ngami wasukumela phezulu,ngithi inkosi imubusise njalo.

Sibonga nabenze lomsebenzi waba impumelelo,ngaphandle kwabo asilutho.

# UMLANDO WABALOBI

UVusumuzi Khumalo ungowaseMandeni elokishini lase Dark City,ezalwa uNkosinathi Timoty Khumalo kanye noNokuthula Mathonsi.ngokwemfundo wafunda amabanga aphansi eMbewenhle,wadlulela eSundumbili Primary School,waphinde wadlulela eSiyavikelwa Intermidate School,wabe esegcina ukudlulela oDumo Secondary School lapho angaqedanga khona.ngonyaka ka2023 wabe esefunda eWotana College (ABET) Lapho aqokwa khona waba u Accademic Officer,wakhushulwa waba uChairperson,akagcini ngokubhala izincwadi,uyabhala nezinkondlo,abhale nama film nemidlalo yomoya.

USimon T Mthombo abamaziyo bamubiza Tholi noma Mthale,wazalelwa kwaJuba kwaNongoma manje sakhe oDushwini khona kwaNongoma,amabanga aphansi ngawafunda eMsebe primary school nase Snethezekile Combined School (Jozini) amabanga aphezulu ngawafunda oBhaqalwesizwe High school nase Nhlanhlayethu High School khona kwaNongoma.

# KAFUSHANE NGENOVEL ETHI ALIBOLI UNGAJEZILE (LIMBULA INGUBO LINGENE)

Kunendoda okwathi uma isakhula,isafunda isikole,yaphika ingane kungesikho ukuthi yayiphika kodwa kwakunezizathu ezenza ikholwe ukuthi ingane akusiyo eyayo,okuthe uma isikhulile lendoda nengane isikhulile yazithola isesibhedlela ilimele kakhulu ingakwazi nokuhamba futhi ingakhumbuli lutho nje ngayo (Amnesia) Akekho owaziyo ukuthi yafika kanjani esibhedlela,yatholakala nje ephaseji yasizwa umhlengikazi wayomufaka kwabalimele kakhulu.

Okuthe noma esephapheme uSmanga,wangazazi uukuthi ungubani wakwabani,kwaba nokuxhumana Phakathi kwakhe nalomhlengikazi owamsiza ngokukhulu ukuphuthuma lokhu.kangangokuthi noma sekemele aphume esibhedlela umhlengikazi wavolontiya ukuyohlala naye endlini yakhe,ngenxa yokuthi wayengazi uzophuma aye kuphi ikakhulukazi njengoba ehamba nangesitulo esinamasondo nje.

Ngesikhathi behlala bonke kwakhula umuzwa wothando kubonabobabili bathandana kodwa kwangababikho otshela omunye,omunye nomunye esaba ukuthi uzomosha ubungani babo kodwa izimpawu zokuthandana zikhona ngangokuthi ingane kaqmhlengikazi yayikubona nayo lokho futhi nayo ifisa ukuthi bethandane kodwa ingazi ukuthi izokwenza kanjani lokho.

Ekugcineni kutholakala ukuthi lengane yomhlengikazi akusiyo eyakhe kodwa wayi adopter ngoba ekholelwa ekutheni yena akananzalo,ekugcineni amangale uma esethandana naye uSmanga azithole esezithwele futhi unayo inzalo,futhi lengane abahlala nayo iyona le eyaphikwa uSmanga.

# ISAHLUKO SOKUQALA-1

Uthe esahleli kamnandi emthunzini ophole kamnandi ngaphansi kwesihlahla esikhulu somganu uSmanga,elalele umzwilili omnandi wezinyoni ezazihlabelela zivumelana kamnandi phezulu emagatsheni aso isihlahla,zihaya ingoma zide zigxumagxuma zisuka kwelinye igatsha ziya kwelinye,nakuba engayizwa ingoma ehaywa ilezinyoni ezinhle kangaka kodwa kungathi lengoma zihayela yena,futhi futhi noma engayizwa ukuthi ithini kodwa yona izwakala kamnandi ezindlebeni zakhe,iyazoyisa ilolozela umphefumulo kungathi zingacula zingabe zisathula,umzwilili onjena wenza umuntu akhohlwe yikho konke okomhlaba.

Zimenza umuntu azizwe engenankinga,zimenza umuntu azizwe kungathi usemhlabeni wakhe yedwa.nokuphola kwalomthunzi kumtoti ungaze uphike ukuthi la ngaphandle kwalomthunzi ilanga libasile likhipha umkhovu etsheni,uma enabisa amehlo abone ubuhle bendalo kankulunkulu.utshani buluhlaza ngathi buyakhuluma buthi 'Awubheke phela indalo kamdali ayidala ngobuchule eyidalela izidalwa zakhe ezadalwa nguye ukuba zibuse kuyo' ngesikhathi ingqondo yakhe ihlanganisa ubuhle abubona ngamehlo kanye nobumtoti bomzwilili wezinyoni.ezinye zizezindize zihlale la eduze kwakhe kungathi zithi uyezwa yini ukuthi sithini kuwe,ethi esalalelisisa ziphinde zindize zibuyele emagatsheni phezulu.

# ALIBOLI UNGAJEZILE

Avuse amehlo,abone amadoda amahathu eza ngakuye egqoke ezimhlophe izingubo ezingenalo nelingangenalithi ichashaza,zikhazimula ngendlela engajwayelekile.kungathi wake wawabona ayesesithandweni somlilo,impela uma exoxelwa ngawo kuyaye kuyaye kufike isithombe esithi masibe njengaso lesi asibonayo.asondele lamadoda hamba kungathi anesikhathi sonke engejahe ndawo,ahambe aze afike kuye.ifike eyodwa ibingelele ngesikhathi la amabili efike enye ime ngaseMpumalanga enye imeNgasentshonalanga,afulathele kungathi agade ukuthi kungaqhamuki muntu ozophazamisa.uma ekhuphula amehlo ebuka le emi phambi kwakhe cha ayikhombi ukuthi ize ngempi,inobuso obuchachambe kamnandi kungathi ifuna ukumamatheka.avume bese ebuza impilo.

"Cha nsizwa yakithi,kwasengathi uyaphambuka-ke manje,impilo ibuzwa kubantu abaphilayo." Kuphendula lendoda imamatheka. Lumuthi heqe uvalo uSmanga engaqondi ukuthi lenkulumo isho ukuthini,asabe manje nokubuza ukuthi kanti yona lendoda ayiphili yini.

"Cha ntanga yamashinga umbuzo mina ebengizokubuza wona ukuthi uzokwenzani lapha? Uze usuke kini uzohlala lapha kahle kahle uzokwenzani?" Kuqhubeka lendoda kungathi ubuso bayo buyahwaqa manje.

Aphendule uSmanga kubonakala nje ukuthi ikhona into angayiqondi kahle la. "Ngingazi kanjani kodwa ukuthi ngizokwenzani lapha ngibe ngingazi kwakuthi ungubani wakwabani owayefike kanjani kwakhona la,mina ayikho impendulo engakunika yona kuphela into enginayo imibuzo eminingi engenazo izimpendulo."

"Ngiyakwazi mina lokho futhi yonke imibuzo onayo ngiyayazi yonke,ungakayibuzi futhi nginazo nezimpendulo zayo kodwa namuhla angizile ukuzokuphendula,ngizothi kuwe yini osuyenzile wayenzela uThandiwe kuleminyaka emithathu uhlezi la? Awuzibuzi ngani ukuthi ukuthi yena yini inhloso yakhe ngokukwenzela lomusa ongaka akwenzela wona,uma ungakwazi ukuphendula lowo mbuzo,yonke eminye iyoyiphendukela" Kuqhuba lendoda.

"Baba ngathi sesikhulume kakhulu ngingasabuzanga nokuthi ubaba yena ungubani futhi ubukeka wazi lukhulu ngempilo yami,hleze kuzongisiza ukwazi ukuthi ngikhuluma nobani?" Kushi uSmanga.

"Ha ha ha! Yazi uhlekisa umuntu ecashile wena,kuzokusiza ngani ukwazi mina ube ungazazi wena uqobo.nakhu okumele uzikhathaze ngakho,funa uthole ukuthi liyini iphupho lika Thandiwe bese ufezekisa lona.noma ngabe yini elangazelelwa inhliziyo yakhe muphe yona,uma sewenze lokho uzokwazi ukuthi yini eyakuletha la.engingakutshena khona ukuthi ukuza la akubanga iphutha futhi kunesizathu,leso sizathu ongasazi naye uThandiwe akasazi kodwa nobabili nizosazi uma wena wenze kahle lokhu engikutshena khona." Kusaqhuba yona undoda.

"Yabona-ke udlala ngami,ngingamunika kanjani uThandiwe into ayilangazelelayo ngiyisishosha nje ngingenalutho ngingasebenzi nokusebenza.uThandiwe nguye onika mina impilo,yini-ke engingamunika yona mina ngibe nginguwumthwalo kumanje kuye." Kubuza uSmanga kungathi iyamucasula lendaba.

"Musa ukuzibukela phansi ndoda,ungalokothi uzenyeze,wena uphiwe onke amandla okunika uThandiwe noma yini le ayilangazelelayo,nobushosha bakho lobo buzophela uma nje wenze lokhu okufanele ukwenze.uma wenze khona kahle impilo yakho izobuyela esimweni futhi konke kuyivuna wena noThandiwe no Qiniso,angisafuni imibuzo kodwa yenza engikutshela khona.

Asuke lamadoda ahambe,awasabuyeli la eqhamuka khona,ayeqhamuke ngasentshonalanga kodwa uma esehamba ashona eMpumalanga.osekumuxaka manje ukuthi lomzwilili wezinyoni obusho kamnandi engakafiki lamadoda awusekho,uthule wathi du! Aphakamise amehlo ukubona ukuthi zona izinyoni zisekhona yini esihlahleni? Kuvuleke amehlo aphaphame.

Aphumputhe inkinobho yokukhanyisa ugesi ayiqhafaze kukhanye,elule isandla athathe umakhalekhukhwini abuke isikhathi,ihora lesine ezintathakusa.hawu kanti ubephupha ngempela,iphinde idlale ifilimu yephupho akade eliphupha emqondweni,ubuye njengoba unjalo loyamuzi akade ekuwona nesihlahla abehleli kuso ngaphansi komthunzi waso.cha impela lowamuzi ubengaqali ukuwubona,umuzi awazi kakhulu lowa.kahle kahle noma kuthiwa izinto ziyefana bekukubo laphayana,noma engenke azi ukuthi ukusuka lana eBenoni ebheke khona engasuka abheke kuphi? Kodwa khona kukubo laphayana.kubuye eminingi imibuzo engqondweni yakhe kepha izimpendulo azikho,nokho kumduduzile ukwazi ukuthi indoda ithe uma enze lokhu emtshene khona izimpendulo uyozithola zonke,yize ingezukuba lula lendima okumele ayidlale kodwa yona kufanele ayidlale ukuze konke kuhambe njengokufisa kwakhe.

Aphinde ajumeke,liphinde libuye iphupho "Cha ndodana iphutha lokuqala ukuthi uyibize ngephupho yonke lento,empeleni awuphuphi kodwa ukhuluma nami,ngikhuluma nawe.iqiniso ukuthi awukwazi ukungibona ngamehlo enyama yingakho-ke kumele kube ngathi uyaphupha uma ngikhuluma nawe,lalela-ke engikubuyele manje ukukutshela ukuthi konke okudingwa nguThandiwe wena unakho.noma yini ayidingayo nayilangazelelayo wena unayo,mnalokhu wena ozitshela ukuthi awunakho unakho,vuka wenze okumele ukwenze ndoda" Ifulathele indoda ihambe,aphaphame.

"Cha impela akulona iphupho leli,futhi kuyacaca inkulu into okumele ayenzele uThandiwe.kodwa-ke akasoli lutho vele naye uThandiwe kukhulu kakhulu amenzele khona engamazi nakumazi" ajabule kuthi akagxume uma ekhumbula ukuthi konke uThandiwe akasebenzi kulempelasonto.cha akavuke ageze okunye niokunye sekuyozenzakalela.

Uzozwani-ke esethi uyangena nje endlini la kuhlezi khona wonke umuntu aqhamukele kuThandiwe. "Hawu usufikile bhuti,cabanga ngithi ngiza kuwe ngizokugeza" Kusho uThandiwe encokola.

# ALIBOLI UNGAJEZILE

"Awu kanti akunankinga bakithi ngoba ngingaphinde ngigeze uma ngizogezwa,haa ubani nje onganqaba inhlahla engaka." Bahleke bobabili babingelelane baphile kube kuhle.etafuleni lokudlela kuhlezi bona bobathathu,uSmanga,uThandiwe,uQiniso knye noNosipho.usuyobabona ngasekhaya uyaye ahambe vele uma uThandiwe engasebenzi ngaleyo mpelasonto.

"Manje bhuti akukho nje nokuncane okubonayo emqondweni okungahle kukukhumbuze okuthile ngemvelaphi yakho." Kubuza uThandiwe ebuza uSmanga.

"Yazi uma ngikhuluma iqiniso,okubalulekile kimi ilokhu engikwaziyo nengikubonayo,yikhona Kanye enginendaba nakho.engingakwazi nengingakukhumbuli angizikhathazi ngakho,uma kwenzenzeka kuyozenzakalela kodwa angizikhathazi ngakho.okungikhathazayo ukusukuma la ngihambe ngihambe ukuze nami ngiphante njengendoda,iyona ndlela engingakwazi nokunibonga ngayo ngakho konke okuhle enginenzele khona empilweni yami,nakuba ngingazi ukuthi nginganibonga ngani kodwa ngifisa ukuphila impilo yami yonke nginibonge ngeningenzela khona." Kulanda uSmanga

"Cha bhuti angizikhathazi ngalokho,okubalulekile kithi ukuthi ukhona uyaphila,okunye nokunye ungazikhathazi ngakho.ukuthi ukwazi ukuhamba kuyinto ebalulekile kithi futhi esikufisela khona ikona kodwa noma kuthiwa akwenzeki lokho akushitshi lutho.siyohlezi sikuthanda,futhi ungazibukeli phansi indawo oyidlalayo ezimpilweni zethu inkulu ngaphezu kokuba ubanga." Kuphendula uThandiwe.

"Mina malume kukhona okukodwa nje engingafisa ungezele khona nje,okungaba indlela osibonga ngayo.kodwa ngiyokutshela ngelinye ilanga." Kushio iQiniso

"Empeleni nami nginaso isicelo esisodwa kuwe bhuti,isicelo sami esithi uma kwenzeka inqondo yakho ikhumbula konke ngawe uze usize ungasikhohlwa thina,noma kuthiwa ubuyela kini kodwa ungalokothi usikhohlwe." Kusho uThandiwe.

"Angenke sibe khona nesikhathi sokunikhumbula ngoba ngiyobe nginikhohlwa uma ngikuphi ngoba angisoze ngahlikana nani mina,niyoba ingxenye yempilo yami ngiyoze ngiyongena egodini." Kuchaza uSmanga,azwakale kamnandi lamazwi kuThandiwe kube ngathi enghalokhu ewezwa,lumushaye uvalo ecabanga ukuthi konje uma uSmanga eshitsha umqondo engaba yini nje empilweni.

"Ungathembisi kakhulu bhuti into ongenke uyifeze ngoba awukwazi owakushiya ekhaya ukuthi kungakanani futhi kusho ini kuwe." Kuqhuba uThandiwe

"Yebo uqinisile kodwa engikwaziyo ukuthi nina nisho lukhulu kimi,lokho kusho ukuthi noma kungenzekani kodwa ngiyokwenza ngawowonke Amandla enginawo ukuthi anginishiyi ngemumva noma ngabe kwenzekani.lokho kuyisthembiso engiyosifeza."

Akhukume lamazwi uSmanga kube mnandi endlini,uQiniso ukube uyazenzela ngabe uyagxumagxuma ngoba lento ayibonayo uyayithanda.akhona nokho amagama afisa ngabe unina uThandiwe nomalume wakhe uSmanga ngabe bayawasho futhi uyabona ukuthi bayawazi kodwa besaba ukuwasho,kuzomele acabange iqhingq lokusebenza bayibone lento ayibonayo.

# ISAHLUKO SESIBILI-2

Iqiniso ukuthi selokhu kwafika uSmanga la endlini kaThandiwe,kunenjabulo emangalisayo wafika wagcwalisa impilo kaThandiwe no Qiniso ngenjabulo obekuyiyona eshodayo ezimpilweni zabo.uThandiwe waziwa engenaso isidingo sokuba nomuntu ahlekisana naye ngoba uSmanga wayemnika uthando olwanele,kwasekushoda khona nje ukuthi kwenzeke lokho ngokusemthethweni ngoba kahle kahle uThandiwe wayemthanda uSmanga futhi efisa ukuthi kube isithandwa sakhe ngokusemthethweni.kodwa manje akusiye okwakumele akwenze lokho kodwa uSmanga kwakumele abone izimpawu bese ephumela obala ngomuzwa anawo ngoThandiwe.

Kolunye uhlangothi uSmanga naye wayezifela ngalentokazi enguThandiwe,wayezwa kahle ukuthi lokhu akuzwayo akusilo nje uthando lukadadwabo noma isihlobo sakhe,kodwa lwalungaphezulu kwalokho.kwakuke kumfikele ukuthi azithele inyandane aziphonse inyandane njengo Mashwabana umfoka Mbatha.kodwa aphinde acabange ukuthi hleze amoshe kakhulu njengoKhwesta umfoka Vilakazi.kuvele kumosheke ubungani bakhe no Thandiwe noma ebonakale njengomuntu ongenadanki umuntu oluma isandla esimondlayo,uma efikelwa ilomcabango wayevele aqzikhuze wagcina ezinqumele nje ukuthi uyokwenza konke okusemandleni ukujabulisa uThandiwe njengodadewabo uma kubiza lokho,akakwazi ukumosha ubungani obuhle kanjena.

# ALIBOLI UNGAJEZILE

Ukufika kukaSmanga kwenza uQiniso wezwa kuvaleka isikhala sikababa wakhe ayekade angakaze aqaphele ukuthi uThandiwe ubelokhu engubaba nomama kuye,lokho kwamenza wangasizwa isikhala sikababa wakhe engamazi kodwa manje noma besingavulekile leso sikhala kodwa uSmanga ufike wasivala ngoba udlala indima kababa,noma emubiza ngomalume kodwa indawo ayidlalayo ekababa.okuyisifiso sika Qiniso ukuthi uSmanga abe ubaba wakhe,angabi umalume abe ubaba kube semthethweni nje nakuThandiwe kubenjalo.ufisa ngabe kukhona angakwenza ukuze batshelane iqiniso ngoba uyabona ukuthi bayathandana inkinga iyona ukuthi bayasabana kodwa uyasiqonda isimo ukuthi akukho lula kubo bobabili.ufisa ukuyenza lento ibe lula kubo bobabili.

Kwakuthi uma bezikhiphile beyodla ezindaweni zokudla banconywe ngapha nangapha kuthiwe bayafanelana futhi kuyabonakala nje ukuthi omunye wadalelwa omunye abazithandanelanga nje ngokuthanda kwabo kodwa into yabo yahlelwa emazulwini,okwakufike kube indida ukuthi kubatshazwa nokufana kukaSmanga no Qiniso,baze babuze abantu ukuthi kahle kahle wake wacabanga ukuyiphika yini ingane.babuye baziphendule bona bethi kodwa ostentatious kanjani lengane yomuntu ayithanda ngaloluhlobo,okwakudida uThandiwe ukuthi naye uma ebuka uSmanga noQiniso babefana into engachazeki,uQiniso-ke wayengahlupihi wayekuvumela konke abakushoyo athi yebo uThandiwe isinqandamathe sakhe nokuthi uQiniso yingane yakhe,uma ebuza uThandiwe ukuthi kungani evumela into okungesiyo,wayevele amphendule ngokuthi uma ebaphikisa lokho kuyoba nini elokhu echazela abantu.

NoQiniso yayimchaza le yokufaniswa nomalume wakhe uSmanga,kuye yayibambe ngakho ngoba vele umalume wakhe uyilendoda naye angathanda ukukhula afane nayo nangokwenza izinto.into eyayingathi ifuna ukumuphazamisa umshana kaSmanga ukuthi nasesikoleni wayefaniswa nenye ingane sebeze babangabangani naleyongane,kanti okuyiqiniso ukuthi uQiniso wayezibonela usofasilahlane wakhe wakusasa kuZekhethelo.

"Kodwa yazi mhlampe ukufana kwethu nakho kuwuphawu nje lokuthi uwubambo lwami,mhlampe ekugcineni kumele lubuyele kimi njengethambo elakhishwa kimi" Kuzincengela uQiniso kuZekhethelo.

"Hhayi-ke lokho ngenke ngiphikisane nakho ngoba ngangingekho nalapho kukhishwa ubambo ezimbanjeni zakho zifakwa kimina,ngenke-ke ngikhulume into engingayazi kodwa nje engikwaziyo mina uma ngikubuka ngibona ubhuti wami engingakaze ngibe naye futhi ke noma ngabe ngangiyilo lelo thambo elalikhishwe kuwe,leyonto ibingaba yinto eziveza yona ngesinye isikhathi ngoba mina nginesithembiso engasenza kubaba futhi ngiyosifeza" Kuphendula uZekhethelo.

"Hawu kodwa Zee ingani wena wathi kimi ubaba wakho akasekhio emhlabeni manje usafuna ukugcina isethembiso owasenza naye?" Kubuza uQiniso

"Yiso kanye-ke isizathu esenza ngifune ukusifeza isithembiso sami ngoba ngifuna nalapho elele khona nalapho ekhona eziqhenye ngami,abe yidlozi elihle kimi" Kuqhuba uZiyanda

# ALIBOLI UNGAJEZILE

"Ngamanye amazwi wenza isithembiso kimi ukuthi uma ngikulinda size sifike emazingeni emfundo ephakeme uyobe usuyavuma ukuba ngowami?" Kubuza uQiniso emamatheka kuvela elomdlathi

"Mina Qiniso ngizwe ngawe ukuthi mina ngakhishwa ezimbanjeni zakho ngakho mina angikwazi lokho,ngenke ngithembise into engingayazi.uma ukwethemba okushoyo zitshele ukuthi kuyozenzakalela ngoba okuhlanganiswe unkulunkulu ngenke kuhlukaniswe muntu,kanjalo futhi okuhlanganiswa ngabantu unkulunkulu akakuhlanganisanga noma kungahlangana kusukekusazohlukana.wena nje yamukela ujabule ukuba umngani wami bese ugxila ezifundweni zakho ngoba le oyikhulumayo izosuke imoshe ubungani bethu kanti nesikhathi sayo asikakafiki sisafunda isikole mina nawe,asikho ezingeni lokukhuluma izindaba ezifana nalezi." Kukhuluma uZekhethelo.

Khona-ke nedlela abahlakaniphe ngayo uQiniso noZekhethelo,kwakungathi amawele ngoba babehlezi bebambane ngamamaki kungekho owehlula omunye.babedumile baziwa isikole sonke ngokuhlakanipha,wawuke umfikele uQiniso umqondo wokuthi kungenzeka kube yingane yakubo lena ngenxa yokuthi wayengamazi kwaloyo bab wakhe pho wayengamuqala ngaphio nje uThandiwe amubuze into efana naleyo,wayengathi yini nje emhluphayo eyayingaze imenze afune umuntu angakaze amubone futhi angamazi.waziduduza ngokuthi nakho lokho kuyozivelela uma isikhathi sifika futhi akumele elokhu ezihlupha ngalokhu angakwazi.lipholile ilanga namuhla kuyisonto ekuseni,kuthe uma beqeda ukudla isidlo

"

sasekuseni uQiniso wavalelisa wathi usayobona abangani bakhe abahlala ngaphesheya eWattvile njengoba bona behlala eLeechville,lokho kwenza uSmanga no Thandiwe bazithola besele bobabili.uSmanga uzibona enethuba lokuzwa amanzi ngobhoko.kanti noThandiwe uzibona enethuba lokucinga umnqondo ka Smanga ,inkinga phela ukuthi bonke banovalo lokuthi bazoqala kanjani ukukhuluma lendaba.

"Manje awusho webhuti,lenkulumo obuyikhuluma izolo yokuthi ungenza noma yini ukujabulisa mina inkulumo obuyiqonda yini isho ukuthini noma ubukhuluma nje unganakile." Kubuza uThandiwe emuthe njo emehlweni kungathi ufuna ukubona ingqondo phakatthi ukuthi icabangani.

"Kanti-ke inkulumo engiyikhulume ngiyicabange kahle engingayiphinda ngiyikhulume kaninginingi futhi,okusempeleni mina eyami injabulo isekuboneni wena ujabula noma inini uma ujabulile nami ngiyajabula futhi noma yini ejabulisa wena iyangijabulisa nami ,ngoba mina ngijabuliswa ukubona wena ujabule" Kuphendula uSmanga ngokukhulu ukuzethemba.

"Manje usho ukuthi noma ngingalanda isoka nje ngizohlala nalo la endlini ungakujabulelalokho bhuti?" Kusaqhuba uThandiwe

"Uma nje lokho kuyobe kuyinto ejabulisa wena ngiyothokoza mina,owami umsebenzi ukwenza isiqiniseko sokuthi ujabulile ngiphinde ngeseke zonke izinto nezimo eziyisizathu sokujabula kwakho nkosazne." Kusho uSmanga kubonakala nje ukuthi uqinisekile ngamazwi okanye ngempendulo ayishilo.

"Ngamanye amazwi bhuti ayikho into engingayisho kuwe qede isixabanise uma kusho ukuthi leyonto ijabulisa mina noma ngabe yinto obungayilindele kodwa uma ishiwo imina uzoyenza,yilokho ozama ukungikhanyisela kukho?" Kusabuza uThandiwe

"Njengoba usho nje sisi,kanti nje ayikho into engingathi angiyilindele ukuthin ishiwo nguwe mina nje uma kuyinto engakhulunywa umuntu ngiyilindele ukuyizwa iphuma kowakho umlomo.khululeka uyeke nokungesaba,nami ngingumuntu ofana nabanye abantu angilumi,ungasho noma yini." Kuqhuba uSmanga.

"He he heee wahleka Ntombi yaSembo,kusho ukuthi noma ngingakubiza ngigeza ngithi woza uzongiguxunga ungeza wena bhuthi?." Kuhleka uThandiwe

"Hawu kanti wena ubona ukuthi ngingesabiswa yini uma ngizokuguxunga,kanti uzoba nensila ngikhona ngoba usaba ngikuguxunge.hayi kahle bo wena sisi,uyadlala wena." Kusho uSmanga naye ehleka

"Haa phela uma ungiguxunga ngiyobe nginqunu,usufuna ukuvaleka amehlo ube impumputhe."

"Izingane ezivaleka amehlo,hayi ikhehla elingangami futhi phela akuhluphi ngoba umhlengikazi ukhona la endlini.kuyothi uma esevalekile lawomehlo angixilonge avuleke,awaboni enani-ke lapho." Bahleke bobabili

Lenkulumo wawubona nje ukuthi iyabakitaza bobabili,uThandiwe namuhla uthole isiqiniseko sokuthi ayikho inkulumo angayikhuluma kuSmanga qede axwaye,futhi unesiqiniseko ukuthi injabulo yakhe ibabuleke kangakanani kuSmanga.hayi kuzomele adale icebo lokuthi kushitshe nalendlela yokubizana ngosisi bhuti kodwa kube namanye amagama ababizana ngawo. "Impela ngathi kuhamba kahle." Kucabanga USmanga ingathi uyinkanke khona impela la elele ngakhona futhi ngathi sekuseduze ukuthi inhlwa ayibambe isavele ngekhanda.phela uma kungenzeka unkulunkulu angenzele umusa wokuthi uThandiwe azizwe ngalendlela engizizwa ngakhona ngaye,kimi kobe kuphelele ngingaphila impilo yami yonke ngenza konke okusemandleni ami ukuthi ngiyamujabulisa,usuku nosuku,izinsuku zonke zami zokuphila.angiphathi phela uma ngisukuma la ngizihambela ngezinyawo zami ngikhone ukuphuma ngiyophanta njengamanye amadoda,ngingazama ngakho konke enginakho ukuba yindoda eyilento ayidingayo uThandiwe.indoda ayohlezi ebonga unkulunkulu ngokuyithola,yonke lemicabango isina iyazibethela engqondweni kaSmanga.phela ayikho enye indlela angabonga ngayo uThandiwe.

Lomuntu wamuthola esemaphasejini esibhedlela equlekile kungaziwa nokuthi ubekwe ngubani,wamthatha yena wamufunela iwodi nombhede,wamugeza wamukhuculula igazi elaligcwele kuye.kuthe uma esephaphama evula amehlo okokuqala wawavulela kuye uThandiwe waqhubeka waba umhlengikazi wakhe omnakekelayo,okwakuthi uma uThandiwe engasebenzi kuleyompelasonto esekhaya,akhumbule lesiguli sakhe sona sodwa nje isibhedlela singaka kodwa khumbule uSmanga,wayeze asuke ekhaya anikele esibhedlela engasebenzi kodwa eyobona uSmanga aze amenzele ukudla.naye uSmanga wayengazizwa kahle uma uThandiwe engekho eduze kwakhe.wayeze ancokole uma esembona avalelise ezinye iziguli athi,isifikile ingelosi ezongilanda sengiyahamba ngiya ezulwini,emuteketisa emuthopha.kuthe uma kufika isikhathi sokuthi aphume esibhedlela,wavolotiya umhlengikazi ukuthi athathwe nguye ayohlala naye ngoba wayengazi uzophuma ayekuphi,ngoba engazazi ukuthi ungubani wakwabani nalo elikaSmanga igama walethiwa nguye uThandiwe,wenza imizamo yokuthi athole umazisi ngaso njalo isibongo sikaThandiwe Mkize.wena kunguwe uSmanga wawungabonga ngani umuntu okubonise uthando olungaka sebaba ivela kancane abantu abanothondo emhlabeni.

Kufika uQiniso no Nosipho nje laba ababili babesahabulela ukuba bobabili,zimnandi ke izinkulumo kade bezidingida uThandiwe usepheke aze avuthwa amabhodwe belokhu bexoxe njalo no Smanga,bahleke kube mnandi kube njeya.yini nje engaphinde ifunywe uThandiwe enendoda efana noSmanga yena uSmanga angabuye athi ufunani nje enesinqandamathe esifana no Thandiwe umhlengikazi wakhe,bafanelene lababantu futhi abadingi koniwa inhle into ebahlanganisile.uThandiwe intombi nje esukile egadeni,eme kahle ngathi yayizibaza yona.izinqa wena owabona imoto yakwaToyota idonsa isondo emhlane,iyakhanya lentokazi,uma ihleka kuthi faca ezihlathini,amazinyo aluthotho amhlophe athe qwa.uSmanga yena uswahla lwebhungu elinebala elizothile,izindebe zomlomo ezekhethelo ngathi wayezisikela yena enesikhathi sonke,inono lensizwa inde ilingene nje kodwa ayiyinde kakhulu ikahle nje.nayo isho ngazo izindlu zenkonjane izifaca phela.uQiniso yenma uyisithombe nje sikaSmanga,kuyamangaza nje ukuthi Labantu abazalani ngokwegazi kodwa futhi uma uya naku Thandiwe uyamuthola uQiniso,okusho khona ukuthi ubathathe bobabili.kuyindida nje ukuthi kanjani,la ngathi lokhona iqiniso elisazovela,ngimufunge udadwethu kababa..

# ISAHLUKO SESITHATHU-3

Umsombuluko izulu lihle ligeze ngencukazi,uThandiwe ubheke emsebenzini lapha emotweni udlala ingoma yenzizwa edume ngeleNtaba yaseDubai ethi, 'Engakusho ngimthandile kulomzuzwana ngimazile,inhliziyo yami isikhulumile' Ilokhu ishilo intaba yaseDubai lapha emotweni kaThandiwe,ithi uma iphela aphinde ayiqale phansi awuphakamise umsimdo,uzizwa nje esemhlabeniwakhe yedwa,umhlaba wothando.usejahe nokuthi afike emsebenzini axoxele ozakwabo ngenxoxo emnandi abe nayo ngempelasonto abaphuma kuyo.

Uze azithinte esifubeni umangabe ingoma isikulendawo ethi umathandana wami lona,umathandana wami,ungafunga ukuthi intaba yaseDubai yayiyenzela bona bobabili noSmanga lengoma.kungathi lombhali wayezwakalisa imizwa yothando lwabo bobabili,izinkumbi zabantu abagcwele izinkalo abanye beya abanye bebuya esiteshini sestimela eDunswart kungathi nabo namuhla bahalalisela yena,uma ebabheka kungathi nabo badansela yona lengoma ayidlalayo.uma ebabuka benyakazisa imilomo bekhuluma kungathi bathi halala ntombazane uhleka yedwa njengoba kwenzela konke lokhu.

USmanga ubelokhu eletha injabulo kuye usuku nosuku selokhu bahlanga kodwa okwanamuhla ngathi kwehlukile,inkulumo ababenayo ibuyise ithemba ebese limulahleke,kubuye ingoma kaMashwabana ehlale eyizwa idlalwa uSmanga kusho ukuthi lengoma uhlale eyibheekise kuye uSmanga.akhumbule ukuthi nayo ikhona kuyo le USB ayidlalayo lapha emotweni.athi ukwehlisa ijubane adlulise izingoma aze afike kuyo,nebala yiyo ngempela asho umfoka Mbatha ngezwi lakhe elimtoti. 'Yayinhle lentombi sengibathe ngiyazibamba akuvumi,mina ngizozithela inyandane ngizozilahla amakhahlambane,ngathi sengiyabona.sekuthiwa sesishadile,ngathi ngiyabona sengimubiza mkami.ngingaze ngimukhothe amazwane,ngathi sengiyabona noma ngimufica esegeza engasabaleki,wayeze ahleke yedwa la ethi khona sengiyabona noma ngimufica egeza engasabaleki.ngempela uma ethatha lomuzwa walengoma ewnza into ephilayo engqondweni9 yakhe,uvele abone nje ukuthi kobe kufezekiswe iphupho lakhe lemimnyaka.

Ungena nje emsebenzimi injabulo iyaphuphuma igcwele emehlweni ache,uthe noma ebaxoxela ozakwabo ngesizathu emva kwenjabulo yakhe,kanti bekuvele kucaca nje ukuthi lukhulu olwenzekile olumjabulisayo. "Ngokuzwa kwami kodwa T.S loludaba lukhomba ukuthi sekuntwela ezansi kodwa akukakafiki esiphethweni,loludaba lucacisa ngokusobala ukuthi uSmanga uyakuthanda,kodwa akukho la ngizwa khona uthi niyathandana." Kusho U S.S Khoza umlingani ka Thandiwe ngelokusebenza ke yena uThandiwe bamubiza T.S

"Cha phela bekusafana nokuthi ngizwa amanzi ngobhoko ukuze ngibone ukuthi umbhemu uzizwa kanjani ngami." Kuqhuba uThandiwe

# ALIBOLI UNGAJEZILE

"Haybo! Eyani imizuzu kulindwe u12 ngunyuye yini?,mngani akusazuliswa manje,lomuntu usuhlale naye iminyaka emithathu yonke umubuka usuku nosuku,umthanda kodwa ungasho lutho.usafuna ukuzulisa futhi.yazi ezinathi ziyofike zimhlwith phambi kwakho zimsobozele usale uncinda iminywe.vuka emaqandeni sisi usuzulise kwanele." Kusho U S.S esese ubuyisa izinhlonze.

Kwangathi ayamuthusa lamagama uThandiwe,konje vele nesizulu siyasho ukuthi oseyishayile akakayosi,engathini nje kodwa lenjabulo engaka uma engayiphunyuka esezitshena ukuthi uyibambile.cha kuzofanele anyuse amasokisi angadlali kancane ingoma ishesha,nozakwabo bamukhuze impela ukuthi akazibambele amatomu-ke manje usmanga.

"usmanga usekuphasele ibhola,okwakho sekuyofaka inqaku,angenke phela aphasele wena ibhola kuphinde kukole yena." Kungenela yena uP.S Sthole omunye wabalingani bakhe.

Angenke alunge ukubona uSmanga ejabulisa omunye umuntu wesifazane ngenjabulo efanele yena,futhi uSmanga ushilo ukuthi ayikho into angayenza nangayisho engabaxabanisa. "Hhayi ngenke uma kubiza ukuthi ngimutshele mina uSmanga ukuthi ngiyamuthanda kuzomele kube njalo." Kucabanga uThandiwe,usebenza nje akusasebenzi yena ujahe ishaye abuyele endlini ayobona uSmanga,kumele abe necebo lokuthi engaliphahlaza kanjani leligula seliyozakha icebo.inqobo yiyo ukuthi kumele liqhume ithumba ngihlale ngenjabulo.

Lapha kwaThandiwe umuntu nomuntu unegumbi lakhe,akekho obangisana nomunye ngegumbi.elinye nelinye linesithombe esikhulu obondeni somnikazi walelo gumbi,leli likaSmanga lithe ukwehluka namanye amagumbi,lakhiwe ngendlela ekhethekile ehlelwe nokubhekana nezidingo zomuntu ongakwazi ukuhamba osebenzisa inqola enamasondo.linezinsiza ezelekelela uSmanga ukuba akwazi ukuzenzela zonke izinto ngaphandle kokwelekelwa ngomunye umuntu,uyakwazi ukuzingenela ebhavini ageze aqede akwazi futhi ukuzigibelela esihlalweni sakhe,nombhede uhlelwe ngendlela yokuthi akwazi ukubambelela uma kufanele ephenduke.

Esathi uyageza ezwe kungqongqoza umuntu emnyango abuze ukuthi ubani,ophendulayo emnyango athi yimina uThandiwe,athi uSmanga akangene.nebala waphusha isivalo wangena. "Hawu bhuti wathi angingene kanti usemanzini,ungenzani kodwa ngoba bengingabuya ngesinye isikhathi usuqedile" Kubabaza uThandiwe ebalekisa amehlo.

"Kahle bo sis,yini nje ongayazi wena nongasaba okuyibona ngoba phela wena ayikho into ongayazi lapha kimi,ungibonela yonke into,yini osengayesaba manje nengasatshwa nayimi uqobo." Kusho uSmanga umbona nje ukuthi uzithele ngabandayo,akazi noma liyaphuma noma liyashona.

"Cha phela akufani lapho ngisuke ngenza umsebenzi wami engaziphophezela kuwo." Kusaqhuba uThandiwe

Uyabona impela iso lingenye into ngoba livele lifune ukubona yona Kanye lento owaziyo ukuthi awufuni ukuyibona,awabalekise amehlo aphinde awabuyise yena aye khona ngqo la okungafanele aye khona. "Uyabona uma ungasakhululeki kuzokwenza ungakwazi ukukhuluma,khululeka nje ugcwale ubhavu." Kusho uSmanga ekhulula uThandiwe.

Nangempela wakhululeka uThandiwe amehlo wakhe nawo akhululeka nje agcwala indawo yonke,kwangathi uthi kuyasa kanti Kusile nje.

"Weh bhuti ngithunyiwe lapha,ngithunywe omunye wabahlengikazi engisebenza naye.kusho ukuthi iso lakhe lahlala kuwe ngesikhathi usesibhedlela.watshotsha inhliziyo yakhe.uthe angothi kuwe akasenayo inhliziyo ngoba le ayenayo yathathwa nguwe wahamba nayo." Kusho uThandiwe emamatheka.

"Awu akaphephise nkosi yami ngizwelana naye lowo mhlengikazi kulapho ke ayikho nami into engingamusiza ngayo,angazi ngingamubyisela kanjani inhliziyo yakhe ngoba angiyazi ikuphi.ngbe ngimnika eyami manje neyami ayikho seyathathwa ngomumye usisi." Kusho uSmanga sakubhuqa

Wake wathula wayinambithisa lenkulumo uThandiwe,akazi noma kumele ajabule noma aphatheke kabi ngoba akanaso isiqiniseko sokuthi uyamazi yini losis owatshotsha inhliziyo kaSmanga.

"Mna wooo,ngamanye amazwi ufuna ukungitshena ukuthi kukhona umuntu okuthandayo bhuti?"

"Cha akusikhona engiqonde ukukusho,ukuthi ukhona yini ongithandayo ukuze ngigeqe amagula ngakho.angikwazi ngoba inhliziyo yomuntu angiyazi kodwa akekho oseke wangitshela lokho oqeda kukusho,engikwaziyo nokushiwo inhlizyo yami ukuthi nginesiqiniseko sokuthi ukhona engimuthandayo mina.2 Kuqhuba uSmanga.

"Unesiqiniseko sokuthi umthanda kangakanani losisi ocabanga ukuthi uyamuthanda?" Kubuza uThandiwe.

"Cha angicabangi ukuthi ngiyamuthanda kodwa ngiyamuthanda futhi ngimuthanda ngenhliziyo yami yonke,ngimthanda okudlula yonke into ekhona emhlabeni.ngimuthanda ngendlela engachazeki.ngingachaza kuze kuse ekuseni,futhi ngimthanda ngalendlela engajwayelekile." Kusho uSmanga ubona nje ukuthi uyizwa ekujuleni kwenhliziyo lentooo ayishoyo.

"Manje lomuntu othandwa kangaka we bhuti yena uyazi yini ukuthi uthandwa ngaloluhlobo,noma ngibuza ngoba azange ngimubone futhi azange ngizwe nangendaba ukuthi uke waba khona futhi azange ngizwe ukuthi uhambile waya kuye?" Kubuza uThandiwe

"Inkinga yiyo leyo ukuthi lomuntu engimuthandayo akakwazi lokho futhi maningi amathuba okuthi angakwazi lokho ngoba angilindele ukuthi yena angithande,mina ngiyaneliswa ukumthanda kimi kwanele lokho,asikho isidingo sokuthi akwazi yena lokho,mina ngiyaphila ngothando enginalo ngaye." Kusho uSmanga eseze washitsha nasebusweni.

"Ybona ingwijikhwebu yangempela ke leyo,ngihlale ngizwa izinto kodwa ngiyaqala ukuzwa ukuthi kunohlobo olunjena lothando,koze kube inini umuntu engazi ukuthi uthandwa ngalendlela.kodwa asikuyeke lokho,ngicela umane ungihlebele ukuthi ubani lentokazi enenhlahla kangaka yokuthandwa ngaloluthando olungachazeki." Kusho uThandiwe

"Uma uphinda uthola impelasonto ongasebenzi kuyo ngiyohlala nawe phansi ngikugeqele magula ngalomuntu engikhuluma ngaye." Kulayeza uSmanga

Bavumelana ngalokho ukuthi bazophinde bathole ithuba ngempelasonto bavulelane izifuba.avalelise uThandiwe ahambe aye egunjini lakhe,wake waqwqsha eside iskhathi uThandiwe ubuthongo bungafiki ecabanga into eyibonile nayizwilw.pho-ke ubuthongo bufana nesela,kwathi engasazi bafika bamuzuma walala.

Azibone esehlezi kuso futhi isihlahla sezimanga uSmanga,zishaya wona umzwilili wazo omnandi izinyoni.zimukhumbuza iphupho ake aliphupha ehleli phansi kwaso lesihlahla somnganu,noma wayengawuzwanga umzwilili wezinyoni ephusheni ukuthi wawuthini kepha nanamuhla akawuzwa lomzwilili,izinhlamvu zawo zithi kodwa ngathi lo wanamuhla uzoyiza kakhulu kunalo wakuqala.aphakamise amehlo,abuke la kwakuqhamuke khona amadoda amathathu mhlazane ephupha.

"Mameshane! Kwasengathi kusenzeka khona ngqo okwephupho." Avule kakhulu amehloaze awacikice ukuze aqinisekise ukuthi ngempela akaphuphi nhlobo,cha akaphuphi neze nanka lamadoda awabona ephusheni eza futhi.kusho ukuthi kufezeka lona ngempela iphupho.kumjabulise ukuthi hleze namuhla uzothola ithuba lokubuzisisa kahle ukuze acaciseleke kahle okumele akwenze,asondele amadoda aze afike.

"Sibonene bantu abadala." Kubingelela uSmanga ekhomba injabulo ebusweni bakhe.

"Sibonene ntanga yamashinga,cha siyazi ukuthi noma sasichazile okuthile kuwe kodwa lokho usasenakho ukudideka,izimpendulo zakho zikimi.okwakho nje ukuthi ulalele ulalelisise,sonke isikhathi uma ufkelwa ukudideka uma ngikhuluma endlebeni yakho kungakwethusi lokhu engisuke ngikuhlebela khona endlebeni yakho,kuyobe kuzwakala kuwe kuphela abanye ngenke bezwe lutho.nawe ungaphimiseli umbuzo ngomlomo funa abantu bekuzwe bese bethi uphambanelwa ikhanda,mina nginguwe ngiphila kuwe,wonke umcabango osenqondweni yakho ngiyawazi.elinye iqiniso eliyokuholela eqinisweni nasezimpendulweni ozifunayo likuQiniso,kusasa uzovakashelwa uQiniso,ungakuthathi kancane azobe ekukhuluma,nami ngizobe ngikhona ngizokulekelela uma udideka.wena ulalele ulalelisise." Afulathela amadoda ahamba engavalelisanga.

Azame ukumemeza efuna ukubuza okuthile,livele lingaphumi izwi,azame ukumemeza kakhulu lutho izwi ukuphuma,aphaphame. "Hawu kanti nanamuhla ngiyaphupha,kusho ukuthi ngesikhathi ngicikica amehlo bekuseyilo njalo iphupho.ayi cha impela isankulu inkonzo okumele ngiyifeze lapha,kazi wona lamadoda angobani aze azihluphe kangaka ngami." uSmanga edidekile

# ALIBOLI UNGAJEZILE

"Ungazikhathazi ngalokho,akubalulekile kodwa okubalulekile ilenkonzo okumele uyifeze" Kukhuluma izwi endlebeni kuSmanga.

"Hayibo kanti iyiqiniso lendaba yezwi elikhulumayo?" Akazi noma kumele ayijabulele lendaba yezwi noma akhathazeke,kodwa-ke akusenani kuzobonakala.

Impela alukho usuku olungafiki,sewuzewafika uMgqibelo obukade ulindiwe lapho uSmanga athi uzogeqa amagula khona,aveze lomuntu amuthanda kangaka.luyamushaya kodwa uvalo lokuthi kazi lengonyuluka engaka eza nayo izoshiya isimo sinjani Phakathi kwakhe nomndeni wakhe,okungu Thandiwe no Qiniso phela yiwona mndeni awaziyo awukho omunye futhi,nabo bamuphethe njengelunga lomndeni ngempela futhi elibalulekile.lokho kumenza afise ukuthi ukube umndeni wakhe ngokusemthethweni ngoba okuseqinisweni bayamudinga futhi naye uyabadinga,pho kungani bengaveli babambane nje babe into eyodwa ngokusesikweni.

Umfikele umcabango wokuthi selokhu afika yena la azange abone uThandiwe enesoka,azange nje aze ezwe noma ke exoxa ngalo,kungabe lento isho ukuthini kuye,kungabe yinto enhle noma into embi.ngenke yini kube kungukuthi uThandiwe unesizathu esinzulu esamenza wathatha isinqumo sokungazibandakanyi ebudlelwaneni bezothando,noma mhlampe uthanda ubulili obufana nobakhe.kodwa-ke uma kunjalo bobonana nini ngoba noma ezikhipha uThandiwe ngezimpelasonto usuke ehamba no Smanga.

Esajule kanjalo ngemicabango uSmanga,kungqongqoze umuntu emnyango,amuphendule uSmanga amuyalele ukuba akangene.nangempela angene uQiniso.akhumbule ukuthi ibishilo indoda ukuthi uQiniso kunodaba azoza nalo,ihee! Kazi uza naziphi lomfana.

"Cha malume ngithe angize nje ngizokubona,empeleni nginesicelo la malume.ngiyaxolisa ngoba kubukeka kuyisicelo esikhulu kakhulu kodwa ngicabanga ukuthi yinto esiyidinga sonke njengomndeni,ngiyazi khona ngisakhasela eziko kepha bengicabanga nami nginalo ilungelo lokubona okulungele lomndeni.okuyiqiniso la ukuthi umuntu nomuntu kukhona lokhu ashoda ngakho.umama ushoda ngawe,wena ushoda ngomama.mina ngishoda ngobaba,yebo khona azange ngibe naso isikhala sikababa ngoba umama ubelokhu eyikho konke kimi kodwa ngithe uma ngithola uthando lwakho kwayima ngiluqoda uthando lukababa ukuthi yinto enjani.yebo uyanginika uthando lomzali kepha engikucelayo mina ukuthi ungabi umalume kimi yiba ubaba,noma ngithi ube ngubaba kimi.uma ngithi ube ubaba angisho ukuthi kube igama lakho kodwa ube yilobaba engingenaye engishoda ngaye,lokho kube nezithelo ezinhle nakumama ngoba angenke asho kepha ngiyazi uyakudinga futhi engakujabulela lokho.angazi-ke noma sengicela okukhulu kakhulu yini."

UQiniso ukhuluma lamagama nje kunezwi elikhuluma endlebeni kamalume wakhe,lithi "Vuma,lalela konke akushoyo qede uvume,ungavumi nje kuphela kodwa ukwenze akushoyo."

Aphendule uSmanga athi "Cha ngiyakuzwa mshana,inkulumo yakho ikhomba khona ukuthi usukhulile kunalokhu thina esikucabangayo.umbuzo nawu la,lokhu okushoyo yikho ngempela yini okudingwa nguwe noma usho lokhu ocabanga ukuthi kudingwa yimina? Uma kuyilokhu okudingwa nguwe mina impendulo yami ithi 'Okujabulisa mina ukubona wena no Thandiwe nijabulile,akukho engicela khona engingenke ngikwenze uma nginayo indlela yokwenza.ngangokuthi noma kungathiwa kumele ngife ukuze nina nisale nijabula impilo yenu yonke,ngingafa kodwa kumele kube ukuthi injabulo yomunye ayiphazamisi eyomunye.ngilapha ekutheni-ke isicelo sakho ngiyasizwa kodwa esingakwazi la ukuthi uThandiwe yena uzozizwa kanjani ngaleyonto,ukube bekuyinto ayidingayo naye ngabe ngiyaqinisekisa ukuthi kuzokwenzeka." Kuphendula uSmanga

"Yikho okudingwa uQiniso lokhu akushoyo futhi yikho okudingwa uThandiwe." Kukhuluma izwi kuSmang,aphendule uQiniso athi.

"Ngethembe malume umama udinga okudingwa yimi,futhi engajabula uma ungaba ubaba kimi.azange ngimuzwe esho kodwa ngiyakwazi okubonwa amehlo ami kuye,selokhu wafika axoxa indaba ayiqede."

"Cha kulungile ndodana ngizokhuluma naye uThandiwe ngizwe uthini noma uvo lwakhe luthini,kuzodinga uke uthi ukunyamalala uyobona abangani bakho ngoba hleze angakhululeki uThandiwe uma kukhona wena." Ukhuluma nje uSmanga sekuthi akagxume uQiniso ezwa umalume embiza ngendodana,avalelise uQiniso ahambe.

Lwamushaya lwameqa uvalo uThandiwe uma ebona kuntwela ezanzi,phela lokho kwakusho ukuthi selufikile usuku okungaliyo ababekelana lona no Smangaliso,impela namuhla kunamuhla iyolala ibonene.kumele kucace ukuthi yini le eyenzekayo Phakathi kwabo bobabili,okufiswa uThandiwe ukuthi lolusuku lube inqophamlando ezothola othandiweyo wakhe,kube owakhe ngokusemthethweni.uma kubiza khona ukuthi kube nguye uThandiwe ogeqa amagula ngendlela azizwa ngayo sekuyomane kube njalo,kunini ngempela ehlezi nesithandwa sakhe ngaphansi kophahla olulodwa kodwa sona sibe singazi nakwazi.sekungaze kufike oheshane impela bamuhlwithele sona isthandwa phambi kwameho ache ebhekile.kukahle impela ngoba lomuntu othandwa uSmanga akazi,sekuyomele amephuce iqatha emlonyeni,ingani kwasho yena ukuthi ayikho into angenke ayenzele uThandiwe,iyona kanye into okumele amenzele yona nokuyiyo ebalulekile kakhulu ukuthi kumele amuthande abe isoka lakhe.abe ubaba kaQiniso.

Lumushaye kakhudlwana uvalo uma ecabanga uQiniso,konje kungenzeka yini ayone yonke lenjabulo,angifuni nokuyizwa eyokuthi uSmanga abe uyise.hleze yena kuphelele kuye ukumemukela njengomalume,mhlampe ingase imidine eyokuba nobaba emva kwesikhathi eside kangaka ephila engenababa kungekho nje nakhohliswa ngaye,namuhla uyindoda kodwa azange nje kukhulunywe ngoyise.avuke uThandiwe abe matasa alungise endlini,kwazise namuhla ufuna ukukhipha indawo.uzimisele ukwenza isidlo sasekuseni esinqanqayo ngoba ufuna baqambe bayaxoxa nje izisu zisuthi,baxoxe kahle into angayifisi nje ukuphoxeka eselulinde kangaka lolusuku.

Ingoma kaMashwabana iduma emakhanda abo bobabili uThandiwe no Smanga, 'Mina ngizozithela inyandane,ngizozithela amakhahlambane.' Impela namuhla kunamuhla iyiphi eyogoba uphondo,iyozala nkomoni inkosi impela.waqeda ukudla kwasekuseni wacela indlela uQiniso,nebala bazithola behlezi bobabili.

"Uyazi-ke ngaphambi kokuba singene odabeni engakuthembisa lona ukuthi ngokuxoxela ngalo,wena okhanya amasi esiswini,kunodaba lapha olufike noQiniso namuhla ekuseni.wangethulela inkiyankiya isigaxa sendaba ebengingayilindelanga nami,uthi ucela ngibe ubaba wakhe lena kamalume ayiphele ingaphinde ibe khona" Kulanda uSmanga ngobuso obukhomba ukujula.

"Hehe heee! Wahleka Ntombi kaMkhize,wena bhuti uphendule wathini uma esho njalo?" Kubuza yena belu uThandiwe emoyizela kungathi imihlabe umuxhwele lendaba.

"Ngaphambi kokuba siye ekutheni eyami impendulo itheni,ake siqale ngokuthi ungilandise ngobaba kaQiniso.kahle kahle kwenzakalani ngobaba wakhe,awugeqe amagula njengomuntu efa,ukhululeke indlebe yokulalela nginayo kanjalo nesikhathi into ekhona.wena nje zinike isikhathi ungilandise konke." Kubeka uSmanga ngesikhulu isineke lesi.

"Muntu wabantu inde lendaba ofuna ngiyiqale nalesisikhathi othi unaso angiboni ukuthi sanele kelesigaxa esendaba engiza nayo,ake ngiqale ngikutshene into ezokumangaza futhi engakaze ngiyitshene muntu,uQiniso akuyona ingane yami." Ikhulume lamazwi intombi yakwaMkhize qrde ibuke uSmanga emehlweni ambone emangala kepha aqhubeke nendaba.

"Othandweni ngihlukumezeke kakhulu,muntu wenkosi,abantu bafika kimi nezethembiso ezigcwele amaphokethe nezikhwama kodwa ziphenduke ize leze kanye nezinyembezi .bangibize ngamagama uma bethola ukuthi umhlabathi wami uwugwadule ayihlali imbewu ithele izithelo,ngamanye amazwi angikwazi ukuthola abantwana maqede bengishiye.ngizikhalile izinyembezi emhlabeni ka Thixo ngikhuleka ngicela ingane kodwa lutho,kwehluleka umthandazo,odokotela,imithi yesintu kwaze kwafika la engikhathala khona ukukhaliswa ngabantu abahluleka ukungamukela ngiyilento engiyiyo.ngathatha isinqumo sokuthi ngiphume nje ezindabeni zikamathandana ngizithande mina,kodwa ngilokhu nginalo uthando lwengane ngaze ngabona kungcono ukuyozifunela ingane kosonhlalakahle lezi esisuke zilahlwe ngonina ngezizathu engingazazi kwamina.ilapho-ke engafika ngakhangwa ubuhle balomfana owayemncane engakahlanganisi nonyaka ezelwe,ngazithathela yena ngazikhulisela ngahlala naye kuze kube inamhlanje ngisazihlalele naye." Kuqhuba uThandiwe izinyembezi zizehlela usizi lubhalwe ebusweni,noSmanga naye wagcina esekhala ziza zilandelana izinyembezi.

"Awu kodwa Gubhela ungathula nendaba ebuhlungu kanjena isikhathi esingaka ungangitsheli,lezinhlungu akumele uzithwale wedwa futhi kumele ngabe wangazisa ukuze ngikuthwalele yona.manje umnikazi wendaba yena uyalwazi lolusizi noma akazi nakwazi?" Kubuza uSmanga ekhathazekile.

"Cha uQiniso akalwazi loludaba futhi bengingazimisele ukuthi alwazi ngoba angifisi ukulahlekelwa nguye ngelinye ulanga,ngingaba yini kodwa nje? Umbuzo enginawo manje ukuthi njengoba usukwazi konke lokhu ithini impendulo yakho,uzokhona ukuba ubaba kuQiniso njengokucela kwakhe?" Kubuza yona intombi yakwaMkhize

"Ngangike ngasho kuwe ukuthi ayikho into engingenke nginenzele yona uma nje okufunwa uQiniso kungacindezeli wena ngandlela thize,angiyiboni inkinga ukuba uyise kaQiniso uma kungenke kube inkinga kuwe." Kuphendula uSmanga.

Imibuzo miningi kuThandiwe ngoba ufuna ukuba nesiqiniseko ungaze umlando uziphinde esemutholile umaqondana wakhe,injabulo yakhe.kunzima ukungajabuli othandweni ikakhulukazi uma loyomuntu engenendaba nawe.ngethemba analo uThandiwe uyakholelwa ukuthi uSmanga nguye nguye.

"Ngakube uyazi yini ukuthi kusho ukuthini ukuba ubaba kaQiniso? Uyazemukela zonke izinselelo eziza nokuba ubaba kaQiniso,yena ubeyiqonda yini ukuthi ijule kangakanani into akucela yona?" Kubuza uThandiwe ekhathazekile.

"Kungakukhathazi kakhulu ukuthi ngihleli kulesihlalo engikuso,ngiyakwethembisa ngizosukuma ngihambe ngezinyawo zami,ngisukume ngisebenze nami njengendoda ngininakekele nginivikele.lokhu obekufunwa undodana ukwazi kahle ukuthi into ejule kangakanani angicele khona.akukho okungenke ngikwenze ngoba ngiphiwe amandla okwenelisaizidingo zenu,ukuthi nje bengingakaze ngivezelwe wona kodwa manje ngizwa egazini ukuthi yiomi okumele anesule izinyembezi ngenze konke okusemandleni ukuthi nihlezi nijabule ukuze nami ngijabule ngoba mina ngijabuliswa ukubona nina nijabule." Kuchaza uSmanga ngokujula kwenhliziyo

"Cha bhuti ungangizwa kabi,ukungahambi kwakho akungikhathazi nakancane futhi nokungasebenzi kwakho akusiyo nencane inkinga kimi,ikhona into engizama ukuyithola la hhayi ngoba ngiqonde lokho....." Esathi uyachaza angenelele umbhemu

"Ake ngithi ukwenaba ukuze uqonde ukuthi ngiyayiqonda yonke into engikhuluma ngayo,nakhu engikubeka etafuleni okuyisethembiso engikuthembisa sona,ngizonithanda ngininakekele nginivikele,ngizophila imihla yonke yokuphila kwami ngizama ngamandla ami onke ukuthi usuku nosuku nijabulile.ngenke ngivume nangosuku olulodwa ukuthi nikhathazeke,uma kwenzeka ngandlela thize ukuthi kube khona okunikhathazayo,mina ngiyokwenza konke okusemandleni ukuthi ngiba umduduzi kini,ngiyaxolisa ngakho konke okubuhlungu okwenzeke kuwe phambilini kodwa mina ngizoba injabulo yakho yansuku zonke naphakade.ngilapha nje ngizopholisa onke amanxeba nokuzokunika khona konke okudingayo,nalezingane ocabanga ukuthi awunazo ngizokunika zona,ngikunike lomndeni owawukade ufisa ukuba nawo." Kuqhuba uSmanga

"Yazi amazwi akho azwakala kamnandi ezindlebeni zami,futhi abuyisa ithemba,ayindunduzo ephelele kimi,kodwa ngiyacela ungathembisi kakhulu uze uthembise nongenke ukufeze ngoba lokho kuyophinde kuphule umoya wami nenhliziyo yami othembisa ukuyivikela uyinakekele.uma isiphinde yaphulwa nguwe ubona ukuthi ngiyophinde ngibe naso esinye isizathu sokuphila,okunye engifisa ukwazi ukuthi konke lokhu uzokwenza ngoba wenzela uQiniso noma okufunwa nguwe-ke uzokwenza nini,uzoqala nini ukuzifundisa ukungithanda ngaloluthando olungaka ongithembisa lona?" Kubuza uThandiwe.

Okuhle yikho ukuthi izimpendulo azifunayo uyazithola futhi kubuyisa ithemba nokududuzeka kwenhliziyo okwakudlalwa ngayo,kupholise namanxeba okuthukwa.injabulo ibhalwe ebusweni kuThandiwe ngamazwi kaSmanga ankeneneza kwezakhe izindlebe,okushiwo amadoda amathathu uyakwenza futhi kuyaphoqa ngoba wethenjiswe amandla okuphila impilo engcono nokujabulisa uQiniso no Thandiwe.

"Eqiniesweni nje ngenke ngifunde ukuthanda kodwa ngakuthanda mhla amehlo ami ehlangana nawe okokuqala,kusuka ngalolosuku ngikuthande zonke izinsuku engikwaze ngazo,ngakuthanda ngendlela yokuthi angidingi nokuthi uze ungithande ngendlela engikuthanda ngayo.ngazinqumela ukuthi ukukuthanda kwami kumele kube umzwa ngedwa ngoba bengenqena ukuthi uma sewazi hleze kumosheke yonke lento,yebo khona bekuke kufike engqondweni ukuthi ngiziphonse inyandane kodwa ngizikhuze ngizibone njengomuntu ongenakho ukubonga umuntu ofuna ukumosha ubuhlobo obuhle kangaka.kodwa ngithe uma ngizwa inhlungu odlule kuzo ngabona kungifanele ukuthi ngibe injabulo ephelele kuwe ezovala bonke ubuhlungu odlule kubo,ngiyacela Gubhrela omuhle ungivumele ngivale zonke izikhala ezivulekile enhlizweni yakho." Kusancenga yona insizwa

"Aybo! Akudingi nokuthi uze ungincenge mina,ukunqamulela nje,lendlela obuzizwa ngayo yonke leminyaka ilendlela nami ebengizizwa ngayo nami,lendlela ongithanda ngayo nami kusayiyo Smanga.kodwa nami bengisaba ukuthi hleze ngizomosha ubuhlobo bethu,namuhla ngiyabonga ukwazi ukuthi uyangithanda,nani ngiyakuthanda kakhulu futhi ngiyafuna ube ngowami inguna phakade,ngiyacela ungangijikeli esiswini njengotshwala.ngicela noma kwenzakalani ungangilahli,noma ungavela umndeni wakho kodwa mina no Qiniso ungasilahli." Kuncenga uThandiwe

"Ngiyathembisa Khabazela kamavovo akukho nakunye okungenza ngizwise wena no Qiniso ubuhlungu."

# ISAHLUKO SESINE-4

Alukho-ke usuku olwake lwaba mnandi njengalolu kubo bobabili uThandiwe no Smanga,kwakungathi bayaphupha,bake bambana isikhathi eside omunye enamathele esifubeni somunye.ngisho ososayensi abaqavile angiboni ukuthi bangayikala okanye bayibale injabulo abanayo laba bobabili kodwa okungacishe kukalwe nayimi nje umzukulu kaDlembu ukuthi injabulo ekuThandiwe iyalingana nenjabulo eku Smanga.UQiniso wathi engena nje endlini wayibona injabulo ebusweni kubo bobabili,wazifundela kwezakhe nje ukuthi inkulumo yalaba ababili ihambe kahle,uyakwazi ukuyifunda ivaliwe,yiyo into eyenziwa uQiniso.

"Qiniso mfana wami,kusuka manje usuzombiza baba." Kusho uThandiwe

"Ngizombiza baba ngoba kuyigama lakhe Elisha esimetha lona noma ngizombiza baba ngoba engubaba?" Kubuza uQiniso esekhexe nobuso

"Hhay bo! Qiniso ungangenzi ngikutshene yonke into,uyazi mos ukuthi ngisho ukuthini futhi nginesiqiniseko sokuthi nawe yinto obuyifuna lena,musa-ke ukuzenzisa lapha wena." Asho lamagama uThandiwe emamatheka.

"Azikho izindaba ezake zaba mnandi kanjena kimi,kunini ngiyifisa le engiyizwayo,ngiyabonga kakhulu bazali bami.asikho isipho esilingana nalesi eningipha sona namuhla,usuku lwanamuhla lubaluleke kunazo zonke ngizolubeka umaka nasekhalendeni.usuku lokuqala empilweni yami yonke ukuba nelungelo lokubiza igama elithi baba,ngilisho ligcwale umlomo,ngicela ningivumele ngilisho okokuqala nqa.ngicela mama ungisize ungiqophe ngefoni uma ngenza lento okukuqala nqa." Asondele uQiniso afike athi 'Baba' aphendule uSmanga athi 'Ndodana yami enhle engithokozile ngayo' Babambane omunye esifubeni somunye,zivele zizehlele izinyembezi kubo bobabili,zehle naku Thandiwe egcine naye eyibeke wayimisa ngento ifoni naye ababambe abankonkoshele bobabili,isaqhubeka njalo ifoni iyaqopha.lona umuzwa ababengenke baphinde bawukhohlwe ezimpilweni zabo,lolu usuku olusha lokuqala kabusha ezimpilweni zabo,usuku lwabo lokuqala bewumndeni.

Baqhubeka nokulala ngokuhlukana omunye nomunye egumbini lakhe,kodwa kwakungasafani nasekuqaleni.impilo yayisimnandi kakhulu kubo bobabili uSmanga no Thandiwe,kwakucishe kuse emnyango bekhuluma efonini bethumelana nemiqafazo,beteketisana bethakazelana ngezithakazelo zothando,betshelana ngendlela abathandana ngakhona.indlela omunye nomunye ebaluleke ngakhona empilweni yomunye,ngamanye amalanga babememana uThandiwe avakashele egunjini lika Smanga,kanjalo noSmanga.

Angenke ngichaze ngoba kunezingane la,kodwa into eyamangaza uThandiwe ukuthi into ayengakwazi ukuyenza uSmanga ukuhamba,kodwa okunye nokunye wayekwenza ekwenzisisa.kuyinsizwa ziphele,uyalazi ishumi lezinsizwa eyedwa.uThandiwe wayevele ezizwe esezulwini uma esegunjini lika Smanga.kube ngathi usemhlabeni wakhe yedwa,kwakhona lokho kulala ngokuhlukana kwakubuhlobisa ubudlelwane babo.kwakubanika isikhathi sokukhumbulana,kwenze bakuthakasele nokuxoxa ngemiqhafazo.kwakenza ukuvakashelana kwabo kube umzuzu okhethekile nobalulekile kakhulu.

Usuku nosuku lwalumnandi kubobathathu no Qiniso ngoba uthando lukhula nsuku zonke ngenke lufaniswe nalutho ezinhlizweni zabo,kuthe emva kwezinyanga ezintathu bethandene,besebudlelwaneni bothando.uThandiwe wazizwa engaphilanga kahle okuthe uma eya kwadokotela wathola okuyizona zindaba ezimnandi kakhulu empilweni yakhe,kwenzeka into eyayisifiso sakhe seminyaka neminyaka.wafumanisa ukuthi uzithwele,okwaba mnandi kakhulu kwaba ukuthi uthwele amawele.injabulo ababanayo bobabili ayilinganiswa nalutho kubona,izinyembezi zenjabulo zahluleka ukuzibamba zaphumela ngaphandle kuThandiwe.

Kulobo busuku yafika indoda yakhuluma no Smanga yathi kuye "Usebenzile ndoda yamadoda owawukuzele lapha kufeziwe,izimpendulo zonke obuzifuna zizozizela zona ngayinye ngayinye,ungakhathazeki ngokuthi izingane ezizayo nalezi ezimbili azivele zikhona uzozinakekela kanjani,thatha nazi izinamba uzisebenzise yizo ezizokunika isinkwa oyosihlephulela izingane zakho."

Uma ephaphama,waphaphama esazikhumbula izinamba wazibhala phansi,uSmanga wayengasebenzi kodwa lomdlalo ayewudlala ngefoni wokuqagela amakilabhu ebhola azowina noma izinombolo zelotto ezizowina kwakuwenza umehluko empilweni yakhe.kwakukhona okuncane okungenayo ebhange lakhe,ayelenze emva kokwaziswa uThandiwe umzisi.nazo-ke lezinamba azinikwe elele wayozama ngazo inhlahla kuyo ilotto le ayidlalayo.

Yake yahlupha nje inqondo yalezingane zombili esezivele zikhona kodwa washeshe wedlula kuyo,wazitshela ukuthi kusho ukuthi empilweni yakhe edlulile kunezingane ezimbili ayesevele enazo.eyodwa uke ayiphuphe le eyentombazanyana efana naye,nesithombe sayo asisuki emqondweni,kodwa akusenani ngoba kuthiwe zonke izimpendulo zizozifikela ngayinye ngayinye,avuke athathe umakhalekhukhwini wakhe adlale izinamba azinikwe ephusheni qede abhale umqhafazo abhalele uThandiwe.

"Angethembe intokazi enhle kunazo zonke emehlweni ami iyaphila,cha nelensizwa ekuthandayo isaphila.ngithi angisho nje ukuthi nanamuhla ngivuke inhliziyo yami isakhetha wena.uthando engivuke nalo namuhla alufani nolwayizolo kodwa kodwa olwanamuhla lukhule kakhulu,usuku nosuku luyakhula." uThandiwe efunda umqhafazo,umoya usuvele waphenduka umoyi moyi.ukumamatheka kwakhe okusebusweni kubona nesakhasela eziko ukuthi iyamujabulisa lento ayifundayo,abone manje ukuthi ayifundeki kahle uma emile adonse isitulo ahlale phansi akhululeke aqhubeke afunde. "Empilweni yami uyisibusiso,ngiyohlezi ngimbonga unkulunkulu ngawe mtanomuntu.impilo yami yashitsha ngikubona okokuqala empilweni yami,kwathi noma ngangisesimweni esinzima okwakumele singethuse kakhulu ngavele ngangethuka ngenxa yokubakhona kwakho futhi ngasheshe ngemukela.injabulo eyayiba khona uma ngikubona yayivala bonke ubuhlungu obabukhona ngalesosikhsthi,Ntombi kaGubhela ngiyafunga ngiyagomela akekho omunye umuntu engiyophinde ngimthande ngalendlela engikuthanda ngayo.

Imihla yami yonke yokuphila ngiyohlezi ngenza ngakho konke okulingana namandla ami ukuthi ngichitha umzuzu nomzuzu,ihora nehora,usuku nosuku ngizama ukujabulisa wena nondodana uQiniso ingane yethu kanye nezinye esizazoba nazo.mama wezingane zami ube nosuku oluhle usebenze kahle,wazi ukuthi kunomuntu okuthanda kunabo bonke abantu emhlabeni kathixo.ngiyabonga Khabazela ukungithanda,nokungivumela ukuthi ngibe senhlizweni yakho nawe ube kweyami ngikuthande."

Uqeda nje ukuwufunda lomqhafazo uThandiwe izinyembezi ziyazehlela,zihlangene zonke ngoba kukhona izinyembezi zenjabulo kuphinde kube khona izinyembezi zosizi.usizi lubangwa imicabango ethi kuye kokwenzakalani uma sekutholakala ukuthi nakulempilo yaphambilini ayeyiphila uSmanga kunabantu noma kunomuntu ayemthembise ukumthanda ngalendlela athanda ngayo yena.uyoba neqiniso athembeke kubani,asule izinyembezi ngokushesha akafuni aze abonwe ngozakwabo asebenza nabo ukuthi uyakhala.abhale owakhe umqhafazo ewuphendula ewubhekisa kwisthandwa sakhe.

"Themba lami ngiyaphila,angiqale ngokubonga umyalezo omnandi kangaka ongenze ngaqala ngawo usuku lwami.yazi usuvele waluphelelisa,ngiphinde ngibonge ukuthandwa nguwe kuze kube lapha,kahle kahle umuntu ubusisekile lapha kimi.unkulunkulu wangenzela umusa ngokudibana nawe,ngiyathembisa Themba lami ngiyokuthanda imihla yonke yokuphila kwami.into engikhathazayo nje ukuthi kuyokwenzakalani uma kwenzeka ukuthi empilweni yakho obuyiphila ungakahlangani nami wawunomuntu owawumthanda ngalendlela ongithanda ngayo,ngoba ngenke ngivume ukuphuleka inhliziyo noma ukwephula inhliziyo yomunye umuntu ngenxa yokujabulisa mina." Achofe inkinobho yokuhambisa umlayezo.

Awufunde uSmanga umalyezo aphendule futhi "Engikwaziyo ukuthi akukho okuyongehlukanisa nawe,angizimisele ngokuphula inhliziyo yomunye umuntu futhi,uma kuyokwenzeka lokho kuyobiza ukuthi sihlale phansi sibone ukuthi siphuma kanjani kodwa ngenke ngihlukane nawe.noma kungenzakalani ngenke,engike ngikuphuphe uma ngilele ukuthi nginezingane ezimbili ngaphandle kwalezi ezingakafiki emhlabeni.mhlampe singabe sikhuluma lokho ukuthi wena uyokwenza njani ngazo uma zikhona ngempela,uyokuba umama yini kuzo ngoba okuyiqiniso ukuthi izingane angisoze ngazilahla noma ngabe kwenzakalani gazi lami ngenke ngililahle." Kusabhala yena uSmanga athumele umlayezo.

Aphendule uThandiwe "Lapho ngiyakwethembisa Themba lami izingane zakho,izingane zami.ngenke ngize ngikwehlukanise nazo futhi noma ngabe wawushiye unkosikazi ngokwamukela ukuba ngowesibili ngenke ngivume ukuhlukana nenjabulo yami,ngiyokuhlonipha ngize ngingene egodini Themba lami and ulwenzile usuku lwami ngiyabonga ube nosuku oluhle ngiyakuthanda."

# ALIBOLI UNGAJEZILE

Athi uma ephakamisa amehlo uThandiwe,akhangwe yiqulu lezingane zesikole ezifake umfaniswano wase Thwathwa High School la okufunda khona uQiniso,ziyaphithizela,kubukeka sengathi kukhona olele phezu kohlaka lwasesibhebhedlela olwezimo eziphumayo.akumucaceli ukuthi lowomfundi uyagula noma ulimele,asukume alubangise khona,ukuyothola ukuthi kwenzakalani ubani lo ogijimiswa kanjena.kunomfundi omilwe amagqubu amabi emzimbeni,abukeka ebuhlungu athi esanake lokho bese kuba nalengane eyodwa nje esithathe amehlo ache,akusikho ukufana kwabantu lokhu.ingane ifana noQiniso into engachazeki nokuchaqzeka,lento isimenza akuqaphele kakhulu ukufana kuka Qiniso no Smanga ngoba uma ebuka lengane ubabona bobabili uSmanga no Qiniso.

Konje lento ngabe isho yona yini le ayicabangayo,iyodwa kodwa indlela yokuthola lokho.ibukeka iwubugebengu obuhle obungaba nemiphumela emihle,obungaletha impendulo nenjabulo ezimpilweni zabathandiweyo bakhe.cha kuzomele kube nakwenzayo,acele ozakwabo ukuthi bamunike isiguli kube ngesakhe,abachazele ngasese ukuthi kungani ecela lesisiguli futhi inhloso yini.bamuvumele acele kubafundi ukubathatha amagazi bonke ukuze abone ukuthi lesisifo esiphethe umngani wabo sifo sini ngabe sibangwa yini,nokuhlola ukuthi mangakanani amathuba okuthi nabo betheleleke noma sebethelelekile.wayezokuhlola ngempela lokho,kodwa khona nenye inhloso engaphezulu kwalokho.

Cha ekuhloleni kwakhe kutholakale ukuthi akusiyo into embi njengoba bekubukeka kodwa kusho ukuthi lomfundi udle into engahambisani negazi lakhe,amunike imithi ezomusiza bese ebizela eceleni lentombazane efana no Qiniso.ayibuze imininingwane enjengokuthi ihlala kuphi nobani,imunikebavalelisane.

Uma befika ekhaya kwaphoqa ukuthi aqambe amanga ukuze ezokwazi ukwenza loluphenyo alwenzayo,abikele uQiniso no Smanga ngesifo esibi esifile okumele basihlole ukuthi asikho yini egazini qede besigomele ukuze singabahaqi.acele ukubathatha amagazi bavume awathathe,wake wababukisisa kahle manje yeyi akusikho nokufana angazi ngizothi yini,umuntu oyedwa lona.

Ngisho isibazi esingenhla kweso lekudla banaso bobabili,konje lento ubengayinothisi ngani sonke lesikhathi.yabona maje le ayikholakali ifana nenganekwane uqobo lwayo,cha sekuyocaca kusasa ukuthi iyozala nkomoni inkosi impela.

"Sukuma ndoda usebenze usebenzele umndeni wakho,ukhulise izingane zakho ukhumbule khona esezilahlekelwe isikhathi esiningi ungekho eduze kwazo,kumele ubanike isikhathi esizovala sonke esibalahlekele.nakhu-ke okumele kuhlale kusemqondweni wakho,kubalulekile ukuthi ufeze zonke izethembiso ozenze kuThandiwe no Qiniso.kodwa uqaphele ukufezekiswa kwakho izethembiso owawuzenze ngaphambilini ungakahlangani nabo,ukuthi ubajabulise njengomndeni wakho wakho omusha.ungaphuli izinhliziyo zomndeni wakho omdala,funa uThandiwe abe isitha kulabo abangumndeni wakho omdala kodwa futhi ukujabulisa umndeni wakho wakudala ukungayiphuli izinhliziyo zomndeni wakho omusha." Kukhuluma izwi kuSmanga

"Pho ngizokwazi kanjani ukubajabulisa bonke qede kungabibikho nhliziyo ephukayo,ngikwenze kanjani lokho? Pho kanti nenze leni ngibathande ngaloluhlobo uThandiwe no Qiniso uma nazi ukuthi ngenza izethembiso ezifanayo kwabanye abantu." Kubuza uSmanga ezikhalela

"Hlakanipha ndodana,ube indoda eneqiniso kubo bonke,ungakhulumi amanga ngomlo wakho futhi yakha umuzi wakho phezu kwesisekelo seqiniso.khuluma iqiniso ngokwaziyo nalokhu okukhumbulayo kanjalo okwakudala nokusha kuzozihlanganela khonangokwakho kufane nokubumba lukasimende njengoba inkosi yamanazaretha yayala ibandla layo,akekho okumele axabane nomunye.lokho kuzodalwa ukukhuluma iqiniso uphile ngalo zikhathi zonke,akekho umama wengane yakho okumele asokole ukhona wena.kubeke emahlombe akho fuhti kungakukhathazi ongakukhumbuli kuzobuya komke njengento eyenzeke izolo,lelibhizinisi elisemnqondweni kuwe ngelakho uphiwe amandla onke okulenza liphile ngengokulicabanga.sukuma usebenze kodwa ungaxhamazeli." Athi uma ezwa lelizwi elithi akasukume,avuke azame ukubambelela esitulweni sakhe esinama sondo,libuye izwi limuyale ukuba ayeke isitulo kepha akasukume.

Enze njalo nangengempela kube njengokusho kwezwi kusukumeke,athi uthatha unyawo luthatheke azizwe enenjebulo emangalisayo aze afune nokuphuma ayobonisa uThandiwe lemihlola ayibonayo.athathe amagxathu amathathu ebheke emnyango athi uthatha elesine kungasahambeki,ame dlengelele amadolo awasavumi kungathi uzowa.ayikho nento azobambelela kuyo,akavele awuyeke umzimba uziyele phansi awuvumele ukuze angalimali,ahlale phansi amemeze uThandiwe aphaphame.

Yonke lento yenzeka nje ulele,uyaphupha,ayikhumbule injabulo akade enayo ezibona ezihambela.izinyembezi zigcwele amehlo uma ekhumbula ukuthi bekuyiphupho,yena usazovuka ahlale kuso isitilo esinamasondo lesi esimulinde eceleni kombhede.acabange izingane zakhe ezizozalwa zibe nobaba oyisishosha,kuningi ezizolahlekelwa yikho angezukukwazi ukukwenza nazo ngenxa yobushosha bakhe.ungcono uQiniso usemujwayele ekulesisimo waze wamamukela enjalo,kulemicabango yakhe azithole esemise amadolo.

Ibuye ungqondo "Hhay bo! Ike yenzeke yini leyonto?" ingathi akazikhumbuli emise amadolo selokhu alimala,akasaqondi manje okuyikhona.kuyiphupho noma yikho lokhu okwenzeka manje,kungenzeka yini ukuthi kusaqhubeka lona iphupho.avule kakhulu amehlo ayi khona ubhekile akalele,enabise izinyawo aphinde futhi amise amadolo,hhay bo! Kuyenzeka ngempela,manje pho uma ekhona ukwenza lokhu angehlulwa yini ukuhamba.avuke ahlale phezu kombhede acabange ukusukuma ame,lumuthi heqe uvalo akhumbule iphupho afikelwe ukwesaba,athathe ifoni athumele umqhafazo kuThandiwe.

"Themba lami ngiyaxolisa ukukuphazamisa ekuseni kangaka kodwa ngicela uphuthume la egumbini lami Gubhela omuhle."

Wathi engalangazelele wezwa ukunqonqoza emnyango qede savuleka isivalo kungene uThandiwe. "Kwenzenjani sithandwa sami?" Kubuza uThandiwe ngokwethuka.

"Ungethuki mama wezingane zami akonakele lutho,ngicela ungisize ungibambe ngesandla khona into okungathi ifuna ukwenzeka kodwa ngifikelwa ukwesaba hleze uma kukhona wena eduze kwami ngizoma isibindi."

"Yima whoo,ucabanga ukusukuma uhambe? No no no nami ngiyesaba uma ngingedwa kungcono ngibize uQiniso ezokubamba ngapha mina ngikubambe ngapha." Nangempela amubize uQiniso bamubamba,omunye kwesokudla omunye kwesokunxele.wasukuma wama ebambelele kubona,waluthathaunyawo lwathatheka waphinda wathatha olwesibili lwavuma.bahamba naye behla benyuka endlini wazizwa elula manje,wathi uThandiwe akamuyeke wahamba ebanjwe uQiniso yedwa kwahambeka impela.kwasho ukuthi seyimide leminyaka ehlezi phansi,ingqondo seyaze yakhohlwa kuhanjwa kanjani,sekubiza acathule kancane kancane kuhle okosana.acele ukuhlala phansi lapho izinyembezi ziyazehlela nje kubo bobathathu.abayikholwa le abayibonayo,izinyembezi zenjabulo nokho bamncenga ukuthi akangajahi acathule kancane kancane aze abuyelwe isibindi nokuzethemba okuphelele,elokhu ecathula khona la ngaphakathi endlini yakhe,izinhliziyo zazigxumagxuma yinjabulo kubona.

uThandiwe wafika emsebenzini wacela izinduku zokuhamba azofike azinike uSmanga acathule nga zo kuze kuba uyajwayela,akafuni phela isithandwa sakhe silimale.azithathe ayozifaka emotweni ukuze engezukuzikhohlwa,uma esuka emotweni ebuyela endaweni yokusebenza ezwe kukhala ucingo lwakhe.alubambe,bambikela ukuthi imiphumela yolibofuzo ibuyile.avele aphuthume khona ngokushesha,uye waba madolo nzima ukuvula imvelophu eshawa ingebhe.

# VUSI KHUMALO AND S T MTHOMBO

Phela akakwazi okumele akulindele la,nokuthi imiphumela azoyithola izoletha shintsho luni kuye naku Smanga.abone kungcono aphindele emptweni ahlale phansi avule imvelophu ngayinye,nangempela wenza njalo,imiphumela yavele yamushaqisa kwaphela nasozwaneni.imiphumela iveza ukuthi uSmanga,uQiniso kanye no Zekhethelo bayigazi linye.empeleni abandawonye.yonke lento yafakazela okuhlale kukhulunywa ngabantu ukuthi uSmanga ubaba kaQiniso,konje isho ukuthini lento futhi kwenzeka kanjani ukuthi ingane azitholela yona izalwe umuntu azitholela yena qede wamuthanda kangaka.akusiyo into into engavele iziqondanele nje,kodwa ikhona into ekhulumayo futhi inkulu kunalokhu.

Okusho ukuthi nayo lentombazane ifana no Qiniso njengoba ingeyakubo,nguye umngani kaQiniso abehlala exoxa ngaye kuthiwa abandawonye.osekumxaka manje kumudide kakhulu ukuthi naye uthole ukuthi elakhe igazi lihlobana nelikaQiniso,hhay bo! Mihlola mini lena emehlelayo.ngabe yonke lento isho ukuthini ngempela? Kuzomele angaqali ayikhulume kuze kube uthola incazelo ephelele ngalenkinga ahlangabezana nayo.akhumbule la athola khona uQiniso ukuthi ikhona imvilophi ababefuna ukumnika yona eyayinemininingwane ngabazali bakhe uQiniso,kodwa yena wenqaba ukuyithatha ngenxa yokuthi wayengafuni ukuyazi imvelaphi yomntwana.wayengafuni into eyophinde ihlanganise ingane nabazali bayo.wayezomukhulisa yena njengengane yakhe,angithi abazali bamulahla ngoba bengamufuni yini pho abayophinde bafune ukuyazi ngengane abayilahlise okwenyo yenyathi.

# ALIBOLI UNGAJEZILE

———————

YABONA-KE MANJE KUZOMELE abuyele khona emva kweminyaka eminingi kangaka,eyopequlula leyo mininingwane.kazi usayoyithola yini ngoba kufanele ahluleke ezamile,yonke lemicabango imufica usahleli emotweni useze wakhohlwa nokuthi usemsebenzini,cha akabuyele emsebenzini ayosebenza kodwa kuzomele acele ukuthi angabibikho emsebenzini kusasa ngenxa yokuthi kumele alandele imininingwane yabazali baka Qiniso.

Eseshayisile ntambama wafika endlini wabuza uQiniso ukuthi lomngani wakhe waseskoleni ahlale ekhuluma ngaye konje ubani igama lakhe. "uZekhethelo mama,kazi umama umkhunjuzwa yini,yabona uma ngikhuluma iqiniso mama.uZekhethelo uyena umuntu engangithi uma sekufika isikhathi sokuthi nginilethele umalokazane ngiyonilethela yena,hhayi wangichitha kodwa ithemba angililahlile futhi alibulali.ngizomlinda nje siqede isikole bese siya enyuvesi uma siphothula izifundo zethu ngizophinde ngizame inhlahla." Kuchaza uQiniso emoyizela engaqedi kuzibonakalela nje ukuthi imhlaba umxhwele lendaba ayixoxayo.

Inkulumo kaQiniso yamuthusa kakhulu uThandiwe,kuzomele asheshe ayilungise lento ngaphambi kokuba kuthandane izingane zandawonye. "Manje wakhuluma ngokuphothula izifundo usho ukuthi uZekhethelo yena koze kufike lapho engenalo isoka?" Kubuza uThandiwe.

"impela mama,uyafunga uyagomela uthi ngenke aqome nje engakaziphothuli izifundo zakhe ngoba wenza isithembiso

nobaba wakhe,manje akasiyo lenhlobo ethembisa ingafezi."
Kuphendula uQiniso

"Ingane ekhuliswe kahle leyo,ingathi ingasifeza impela isithembiso kubaba wayo,iyisibusiso ingane eyazisa umzali wayo kanjalo."

# ISAHLUKO SESIHLANU-5

UThandiwe wayengenke ahambe ibanga elide kangaka engashongo kuSmanga,ngenxa yaleso sizathu kwaphoqa ukuthi amtshele uzovuka aphuthume ekhaya.uthole ucingo oluthi umama wakheb akaphathekile kahle kodwa uhambela ukubuya,ngaleyondlela kubiza avuke kakhulu entathakusa ukuze ezohamba kahle indlela yakhe.inhloso yakhe kwakuwukuthi kuntwele ezansi okungenani ebe eyongena ePiet retief,kuthi uma kushaya ihora lesishiyagalolunye ebe engena kwaNongoma bese kuthi ekhaya eMadanyini useyobabona ebuya.

Akusikho nokulala akwenzayo ngoba ngehora lesibili entathakusa wayephuma engena indlela,yayinyathela intokazi ingadlali amafutha ephuzulu.kanti nayo insimbi yomlungu ahamba ngayo yayinamathela ngempela emgwaqeni imuvumela,impela kothi kusa uyobe engena eHlalankosi.lento isimcabangisa okunye manje,phela uQiniso uma ezalwa uSmanga kusho ukuthi kungenzeka bangomkhaya no Smanga ngoba uThandiwe owasendaweni yasoPhongolo eMadanyini kanti uQiniso umthola kosonhlalakahle kwaNongoma,lezozindawo aziqhelelene kakhulu.uma nidibana eGoli impela niba ngomkhaya abangasukumi phansi.usebonga khona nje ukuthi ulibofuzo lucacisile ukuthi yena akanabuhlobo no Smanga,phela umhlaba mncane uma kunje,bekungenzeka azithole esethandana nobhuti wakhe,konje bekungaba yinto ethiwani leyo.

Imoto ayehamba ngayo ungafunga ukuthi yayilwazi loluhambo lukaThandiwe,nayo uqobo kungathi ijahile ukuyozibonela kahle kahle uzalwa ubani uQiniso kanti nendlela eyayidlula ngakhona ezinye izinye izimoto waungathi uyayikhulumisa uThandiwe.uma ibona ezinye ziphambili athi kuyo gijima ufice abanye uma izifica athi bashiye laba,oPhongolo ngakubo wadlula ngathi akazi nokwazi.impela lathi liqala ukushisa ilanga sekubaleka amazolo wayengena kwaNongoma.

Kwathi uma kuvulwa ama hovosi osonhlalakahle wayesevele elinde emnyango uThandiwe,umuntu wokuqala okwakumele bamusize kwakunguye.nokho akubanga nzima njengoba ayecabanga,sebeluzwile udaba lwakhe bavula amafayela angalowo nyaka athatha ngawo uQiniso.ngokuphazima kweso balithola ifayela,baphinda bathola nemvelophu enikezwa lowo osuke enothando lokuthatha ingane ayikhulise njengeyakhe,uThandiwe wayenqabile ngaphambilini,cha abazange bamubuze imibuzo ngalokho kepha kunalokho babuza yona ingane ukuthi isaphatheke kahle yini.abanike impendulo egculisayo bamnike imvelophu wabonga wahamba.

Esengenile emotweni wake wacabanga ukushaya imoto abuyele emumva engayivulanga lemvelophu ayiphethe,hleze abone into ezophazamisa ingqondo yakhe esazohamba ibanga elingaka.nempela wayiyeka wangayivula washaya imoto yazula.kusemini yasekuseni noma ilanga liphumile liyakhomba ukuthi alikakaqini ngoba imini nayo ayikakangeni ngokuphelele,kodwa kusoPhongolo la,kuthi kusa nje libe likhipha umkhovu etsheni.nakhona la kwaMkhize,uMazwane nekhehla lakhe uMkhize sebezihlalele phansi kwesihlahla setshalo bathamele umthunzi.babone kungena lolunyanyavu lwemoto oluhlobo lakwaTOYOTA RAV4 ebelethe isondo emhlane,bamangale nje ukuthi kazi ubani lo ohamba lo ohamba ngonyanyavu oluhle kangaka.kuze kulunguze no Thembi esegunjini lakhe efuna ukubona lemoto.

"uThandi baba" Kumemeza uMaZwane ejabula

"Kwenzenjani ngempela uThandi wasijuma singalangazelele,bese kuyini nje ngempela ukushaya ucingo." Kusaqhuba yena uMaZwane aze ashaye izandla.

"Cha nkosikazi ilinde phela ingane ichaze ukuthi isihlasele ngani,kanti sekuyicala yini ukuza ekhaya ungashongo." Kkhuza uMkhize.

Ehle uThandiwe avale imoto eze kubazali bakhe abingelele bese ekhipha igilosa adlule wayicosha edolobheni lasoPhongolo.abuye udadewabo uThembi azohlala naye ngaphansi kwesihlahla,uMkhize no MaZwane bathola izingane zaba mbili nje kuphela.uDumisani wokuqala kulandele uThandiwe kwaba ukuphela,uThembi ingane eyatholwa uMkhize eyithola entombini.basanda kutholana nje kudala bedukelana,nguye uThembi obheke abazali ngoba sebebadala nokho akasizwa isikhala sokungasebenzi ngoba uDumisani beno Thandiwe bayamukhokhela ngokubheka abazali babo.

"Cha ungethuki,akukho lutho olanakele bengize eBenedictine esibhedlela ngokomsebenzi kukhona ebengikulethile ngase ngithi ngenke ngidlule ngaphandle ekhaya sengize ngafika." Kuchaza uThandiwe

"Cha kuyezwakala sis kodwa phela ekhaya kusekhaya akuphoqi ukuthi uma uza khona ufike uphethe okuthile,sekungeyani nje igilosa engaka ekubeni beniqeda kusilethela imali yokudla." Kuthetha uMaZwane

"Ayi nkosikazi musa ukwenza ingane izizwe inecala,akonakele lutho ukusho ukuthi uthandile nje hhayi ngoba kungenwa ngegilosa layikhaya" Kukhuza uMkhize kuhlekwe kube mnandi kuqhubeke ingxoxo.

"Kodwa sisi ubungezi ngani nje kuyimpelasonto ukuze uzongiphathela uQiniso,usengakanani kodwa bakithi kade ngamugcina." Kubuza uThembi.

"Kusuke kwaba yinto ephuthumayo ebingenke ilinde impelasonto."

uMaZwane aqaphele ushitsho oluthize ngendodakazi yakhe,ayibuke noma isithi izama ukushalaza kodwa cha amehlo engawasusi kuyena.athi esuka agibele phezu kwendaba,phela ayilali ikhonjiwe la entombini endala. "We Thandiwe sewaphinde wathola isoka Ntombi,awusaxoxi nakuyixoxa leyo.kodwa leli osulithole manje liyakutha nje ngane yami? Angikhathali noma ungasifihlela wenzeni yabo lo osumthole manje umkhwenyana,umkhwenyana wakwami ngempela engangikade ngimulindile,owakwabani vele?" Esho eyibuka indodakazi emehlweni ubona ukuthi lempendulo uyibheke ngabomvu futhi uyifuna manje.

"Kahleni bo,kanti umama sewabanjani inkosi,usukutshelwe ubani ukuthi nginesoka mina.uze ulibone nokuthi liyangithanda,kanti khona ukube likhona bengizonitshelela ukuthi kubenjani njalo ngoba phela umuntu uvela ngendlela eyiyo ekhaya.futhi vele kwakungafungiwe ukuthi ngenke ngisaba nalo,uma kuwukuthi likhona wemama uyolazi uma isikhathi sesisho njalo." Amamatheke asukume kubonakala nje ufuna ukuziba lenkulumo kanina,avalelise acele indlela abafisele ukusala kahle nabo bamufisele uhambo oluhle oluphephile,ashaye imoto ingene indlela ilandele ezinye emgwaqeni.

Sezibuya inhlazana,ilanga liphumile uSmanga uzihlalele eceleni kwendlu emthunzini uzifundela iphephandaba i-Press News,elokhu edamame eshaya kancane isiphuzo esibandayo asithandayo ikhokhakhola.nokho leliphepha alinazindaba ezitheni ezinohlonze,aligoqe iphepha alibeke phansi.alalele ubumnandi bethunzi opholile,bese kuba nento nje ethetha iso lakhe kulo iphepha selizihlalele phansi.linezinombolo ezibhalwe ngaphandle zase zifana kangaka nalezi avuka nazo ngelinye lamalanga,konje zona lezinombolo wayezibhale kuphi khona ukuzidlala wazidlala yini.asukume acathule ebheke egunjini lakhe ayobheka lelipheshana ayebhale kulo,cha sekuyacathuleka impela manje uma esekhona ukuhamba engaphethe nduku.afike alithole iphepha la ayelishutheke khona,abuye nalo la emthunzini.

Athathe iphephandaba abuke izinombolo ezibhalwe ephephandabeni aphinde abuke ezisephepheni lakhe.mameshane lezinombolo zifana nse akukho mehluko,konje zona lezinamba wayekhumbulile yini ukuzidlala.ingathi impela wazidlala akhiphe umakhalekhukhwini wakhe acofe angene kulengilosi yakhe yokudlala.hhaybo! ngabe yiyo ngempela yini lento ayibonayo noma amehlo wakhe uyaphupha emini bebade,abeke phansi ifoni acikice amehlo aphinde abuke.ngempela lezinombolo wazidlala futhi zawina,kanti lobaba ohlale ekhuluma naye emaphusheni usuke ekhuluma iqiniso elimusulwa.nangu phela manje esenikwe wonke Amandla okunakekela umndeni wakhe,ngokuphazima kweso usevele waba isicebi.lezigidi zenhlamvu yemali yakithi aziwinile zingamenza isicebi impilo yakhe yonke futhi angakwazi ukuba nenjabulo yaphakade.

Seliyozilahla kunina,babqoqena endlini kagogo lapha ekhaya kwaMkhize.uThandiwe ekubuyeni kwakhe ufike wabacela ukuthi bahlangane endlini ngoba kunodaba olubucayi eza nalo,nangempela bonke babuya bazozotha endlini kagogo kepha bathukile ukuthi daba luni eza nalo.bayazibuza bayaziphendula ukuthi kazi sekwenzakaleni le esiyenze undodakazi wabo ajike endleleni,umuntu othuke kakhulu uThembi,uthuswa ukuthi kazi akusiye yini uqiniso onenkinga.uma ethi uyaluqala udaba kungene olunye futhi unyanyavu lwemoto lufike lube seduze kwemoto kaThandiwe,besamangele bonke ukuthi ubani kanti ngempela lona kwenzenjani ekabani futhi lemoto engena ngesivinini emagcekeni akoMkhize.ngabe yona ilethe umbiko othini,kuvuleke isicabha kwehle uswahla lwenziswa uDumisani ubhuti omdala wakwa Khabazela uhamba yedwa namuhla akekho umakoti wakhe nezingane,kuvele uThembi emnyango aqwebe ubhuti wakhe ngenhloso yokumubonisa ukuthi bahlezi ngaphi.

Imethuse leyonto,akujwayelekile ukubona umndeni wakhe uhlangene kwagogo,lokho kusuke kukhomba khona ukuthi kukhona okungahambi kahle,kungabe igazi lakhe kukhona ebelimazisa khona yini evele wazizwa ukuthi akaye ekhaya.wabathe uyaziba ilokhu ishilo lento hamba ekhaya,nebala akapholisanga Maseko walalela washaya imoto wabhekisa amabombo oPhongolo.uma engena endlini usebona udadewabo uThandiwe aphinde amangale kakhulu ukubona usisi wakhe ekhaya.

"Hhaybo! Dadwethu usukhulile impela usukwazi ukuza ekhaya ungangitshelanga." Lamagama uwabhekise kudadewabo uThandiwe emamatheka nokumamatheka okungaphelele ngoba akaqondi ukuthi esinjani isimo esibadibanise kwagogo kuze kube ngathi kuba ngcono uma esezwa uhleko lwakhe uThandiwe.

"Iheeeya kusho umuntu ongifica ekhaya engakaze angitshele nami ukuthi uza ekhaya,mina nawe siyefana-ke ungibambile nami ngakubamba.kodwa mina ngisukele phezulu ngenxa yesimo engizosichaza khona manje ngoba nalapha ekhaya angikakabachazeli kungani ngilapha futhi kungani ngibabizele kwagogo." Kuthi dwe kuDumisani uma ezwa engathi akukubi njengoba ecabanga.

"Cha nami dadwethu bengithi ngizofona sengifikile bese ngithi qagela ngikuphi nginobani,uthi usacabanga bese nginika nangu umama ifoni ngikumangaze." Kuqhume uhleko endlini.

"Bazali nani bafowethu angivele ngihlale odabeni engize ngalo ukuze niyezwe kahle lendaba angiyiqale nje ekuqaleni." Abalandise uThandiwe ukusuka nokuhlala ukudibana kwakhe noSmanga,kusuka engena esibhedlela kuze kube uyaphuma.nokuhlala kwabobobabili yonke leminyaka kuze kube manje,uyaqala nje ukuyikhuluma lendaba kuyo yonke leminyaka.ubethi noma eza ekhaya ashiye uSmanga no Nosipho afike angayithi vuu indaba,esaba phela ukuthi bayokhuza bebabaze ukuthi engavele athathe nje indoda yakomunye umuzi azohlala nayo kanjalo nje engazi nakubo kwayo.bona njengoba ngisho usefuna nokuthathela leyondoda ipasi wacela ubaba wangakubo ongusbongo fanan,nakhona wamuthenga ngomehlo kaboni ukuze athathele uSmanga ipasi.

Okwasekumangaza uThandiwe yikhona ukuthi abazange bekhombise ukwethuka kunalokho bamujabulela ukuthi ekugcineni useze wamuthola umuntu ojabulisa inhliziyo yakhe.

"Aphi amanga ami Thandiwe? Angithi ngikutshelile ukuthi lendoda oyitholile manje iyona ndoda ekuthandayo futhi izokushada,ngikubone ebusweni lenjabulo onayo manje awukaze waba nayo empilweni.phela ngunyoko ngiyakuzala ngikwazi phezu kokuba uzazi wena." uMaZwane ekhuluma aze ashaye izandla "Kodwa-ke Ntombi yami engiyithandayo" Ehlisa izwi eswaca nasebusweni "Esingakwazi ukuthi umlisa ndini lona ngenke yini akujikele uma esethola ukuthi awubatholi abantwana,ngenke enze njengabanye abakushiyayo ngenxa yaleyonkinga." Intombi endala ikhuluma ngokukhathazeka.

"Awu kanti-ke Mangethe lomuntu esikhuluma ngaye ngamulethelwa inkosi futhi uphethe yonke i9njabulo yami ebengishoda ngayo,uphiwe amandla onke okugcwalisa konke obekushoda empilweni yami." Ekhuluma uThandiwe ngenkulu injabulo ebusweni bakhe,ekhala izinyembezi zenjabulo.

# ALIBOLI UNGAJEZILE

"Konke okudliwe isikhonyane kubuye sekuphindiwe kimi.kubuya sekuphinda phindiwe,ngikhuluma nje nani kunemiphefumulo emibili ephilayo la ngaphakathi kimi." kujatshulwe endlini bemubambe bonke bemanga ngothando,bemuhalalisela ngezindaba ezimnandi abebengazilindele.

"Awu yazi unkulunkulu mkhulu ngane yami,inhliziyo yami ibuhlungu kanjani nje uma ngicabanga indaba yakho nengane.ngicabanga ukuthi ngenke ngibe naye umzukulu oyovundla esiswini sakho,impela olonda uIsrayeli akozeli futhi akalali,siyabonga Gubhela." uMazwane ehalalisela indodakazi yakhe

Kodwa akupheli lapho mndeni wami,ngibe sengiba nenkinga yokuthi lomuntu engikhuluma ngaye ufana no Qiniso izinqotho,nabantu bababaza leyonto nsuku zonke.kuyangikhathaza lokho,uma n ikhumbula indlela engamthola ngayo uQiniso.kwathi kusenjalo ngathola enye ingane engumngani wakhe ifana naye izinqotho,ngaba nendlela yami engihlola ngayo ukuthi abahlobani yini beno Smanga kanye naleyo ngane.ngathola ukuthi bagazi linye,yingakho ngize ngafika lapha Ophongolo ngizolanda imininingwane kaQiniso ukuze ngithole kahle kwenzakalani,kulapho engithole khona ukuthi uSmanga nguye ubaba kaQiniso kanti umama wakhe wayeshiye yonke imininingwane yakhe.waze washiya ngisho izithombe kanye nencwadi.okuzonimangaza yikhona ukuthi umama wakhe uQiniso udadwethu uThembi yena lo!" Dlengelele.dedelele bonke abantu endlini bedumala bebuka uThembi.

"Kanti Thembi unengane nawe,wawuthuleleni kodwa nendaba engaka,wawuze ulahle ingane kwakwenzenjani?" Bemubuza bonke ngokuhlanganyela uMaZwane no Mkhize kanye naye uDumisani.

uThembi wabalandisa ukusuka nokuhlala kwendaba,nokuthi lesosimo adlula kuso yiso esamenza wangaphinde wayicabanga into okuthiwa indoda emva kwento eyamehlelayo nokuthi futhi yena sonke lesikhathi ubekwazi kahle ukuthi uQiniso ingane yakhe.wamubona nje eqala ukumubona lapha kwaMkhize kanti negama lakhe walethwa nguye eqonde khona ukuthio iQiniso liyovela emva kokuthi uyise ayiphike ingane,kwaleyo ngane athi uThandiwe ifana naye uQiniso uyayazi yena futhi nayo unina okwaMkhize kwaNongoma.ukuthi nje ngalesosikhathi babebanga indoda wayengazi ukuthi udadewabop,kwazise naye wayengakazazi isibongo sakhe.

"Lomlisa enikhuluma ngaye okwaze ukuhlanganisa izingane zakithi zaze zabantathu nithi umfokabani?" Kubuza uDumusani enyusa izinhloze ubona nje ukuthi loludaba luyamucasula.

"Loyomlisa igama lakhe uMnqobi,isibongo sakhe owakwa Hlabane." Kuphendula uThembi

"Uthe ubani uMnqobi Hlabane?" uDumisani osehwaqile nasebusweni esukuma ema ngezinyawo esehlahle namehlo ekhomba ukumangala. "Imihlola-ke le engiyizwayo,ninazo izithombe zakhe lombhemu.mhlampe kuqondana nje kwamagama nesibongo kodwa kuze kufane konke pho?" Avule ifoni uThandiwe aveze isithombe abonise umfowabo.

"Uyamazi yini bhuti,wasumangala kangaka nguye lo esikhuluma ngaye,isithombe sakhe." Asondele no Thembi ukubuka isithombe khona ezoqinisekisa ukuthi vele bakhuluma ngomuntu oyedwa yini.

"Nguye impela,nguye nezinqotho sisi." Kufakaza uThembi

"Insumansumane leyo." uDumisane egqolozele ifoni kungathi lento ayibonayo akayikholwa nokuyikholwa. "Nithi ubaba kaQiniso umshana wami iboss yami emsebenzini,osisi bami bathandana nomphathi wami engisebenza naye." Uyehla uyenyuka akanasinqe lapha endlini,ufuna ukuyizwa kahle lendaba uze acikice amehlo.uyabona ukuthi kuye kufana nephupho.

"Kahle bhuti,lomuntu sengihlale naye iminyaka emithathu yonke engakwazi ukuhamba,engaphumi endlini uma ephuma kube ukuthi uhamba nami.engaba I boss yakho kanjani,kusho khona ukuthi ukufana kwabantu lokho." uThandiwe ehlaba eyihlikiza eyokuthi uMnqobi ndini lo I boss kamfowabo.

"Usho khona impela Thandiwe kababa,yikhona kanye aqeda ukukusho" uThembi efakazisa amazwi kaDumisani

"I-boss isinyamalele iminyaka emithathu ingaziwa ukuthi yashonaphi,kangangokuthi sesaze sazitshela ukuthi sewashona kanti abafowabo yibona abaphethe inkampani manje.futhi nguye impela lo engimubona la." Kwavele kwamangala wonke umuntu endlini ukuthi kanti mlisa ndini lona uyisima kanjani,wazihlanganisa zonke nje izingane zakwa Mkhize zibe zingazi zona.

"Yona lena lengane yakwa Mkhize kwaNongoma eyayithandana naye nibanga yena lomlisa ukuphi no Nongoma? Ingubani igama layo?" Kubuza uMkhize efuna ukuyinambithisisa kahle lendaba.

"Ngu Sindi igama lakhe baba,owakwaMkhize eMsebe.uzalwa ubaba omncane u Ellias lo oba khona la ekhaya uma kuwumsebenzi kumbe mcimbi thize."

"Hhaybo!" Kubabaza wonke umuntu endlini

"Imihlola lena,wena wawubanga indoda nengane yomfowenu olama mina emhlane.noma usumubona layikhaya,ndodakazi uyathula nje awuyikhulumi indaba endulu kangaka awusayizeki nokuyizeka."

"Kodwa baba bengingayiqala ngithini indaba engaka" uThembi ezihlangula

"Nanku umbuzo omkhulu-ke manje,empeleni mibili lemibuzo ekhona." Kusho uMkhize ezilungisa kahle ubona nje ukuthi lukhulu afuna ukulibuza. "Umbuzo wokuqala ubheke kuThembi,umbuzo wami uthi uzovuma yini wena ukuthi udadwenu uThandiwe ashade nendoda eyayithandana nawe? Uma sekufanele bashade ungabanika yini isibusiso sakho? Ingane yona uQiniso uzokwenza njani ngaye,umbuzo wesibili ubheke kuwe Thandiwe ndodakazi,uzoqhubeka yini uthande indoda eyazalisa udadewenu qede yaphika ingane.ake ningiphendule lapho ngaphambi kokuba siqhube loludaba."

# ALIBOLI UNGAJEZILE

Kusho uMkhize evula izandla ekhomba indlela yokukhulula amadodakazi ache ukuthi akhulume.

Kuqale uThembi aphendule "Cha Gubhela mina anginankinga nencane nosisi,okokuqala usisi uhlangane no Mnqobi engamazi waziqoqela yena ngenxa yozwelo analo.kungaqalanga lapho,kodwa waqala ngokuqoqa ingane yami engangingenamandla okuyikhulisa wayikhulisa engayazi nokuyazi ukuthi ekadadewabo,nikhumbule ingane ngayinika osonhlalakahle.kwakungenzeka ithathwe umuntu engingamazi ayithathe ngingaphinde ngiyibone,mhlampe ayihlukumeze ize ife ngingazi.ngenhlahla yawela emhlabathini ovundileyo umhlabathi kadadewethu,sonke siyazi ukuthi uThandiwe umthanda kanjani uQiniso.ngaleyondlela mina kuyo yonke lento ngiyamubonga usisi futhi ukudibana kwakhe no Qiniso kanye no Mnqobi akubanga iphutha kepha unkulunkulu nabaphansi banezinjongo ngalento kanti futhi mina kungisebenzele,ngenke ngime endleleni kaThandiwe ngivimbe injabulo yakhe.indoda eyakhe vele ngehlukana nayo mhla ingimithisa,nengane futhi eyakhe.umuntu enginenkinga naye uMnqobi owangithela ngehlazo lokungimithisa qede aphike.kumele axolise kimi ngesenzo sakhe qede ahlawule lengane egeze mina nayo,ilokho nje engingakusho mina baba."

Kube sekuphendula uThandiwe "Ake ngiqale ngokubonga nje indlela akhulume ngayo udadewethu uThembi,ngiyabonga Gcwabe kayihlandla kuyangijabulisa ukukuzwa uphendula kahle kanjena,impela yonke lento bengingayazi.okuhle ukuthi ngihlanganise ingane noyise nokuthi ingane ebengiyikhulisa ngothando yonke leminyaka eka dadewethu,okusho khona ukuthi vele ngumama wayo nangokwegazi.ngicabanga ukuthi inelungelo ingane ukuyela kudadewethu ngoba uyachaza wayengayilahli ngoba engayithandi kodwa wayeswele amandla ,ngizoqhubeka ngimukhulise ngenke angisinde kodwa kuzomele amazi umama wakhe.mina ngizoba umama kuye ngoba vele ingane kadadewethu kodwa uzobe eselazi iqiniso.bengicela kubhuti uDumisani angaqali aveze kubafowabo bakaMnqobi ukuthi usadla anhlamvana,ngize ngimazise yena kuqala bese siyayenza indlela yokubahlanganisa angibonge ithuba."

"Cha zingane zami kuzwakala kahle kakhulu,ngiyabonga inkulumo yenu ikhomba ukubambisana nokuba munye,lokho kwehlisa umthwalo kimi.kulungile sizolinda wena ndodakazi uluphathe loludaba.kuyothi uma selukhulunywe kahle bese ngihlanganisa amakhanda nomfowethu uEllias ngoba loludaba luthinta nendodakazi yakhe uqobo,kuyadinga siluphathise okwezikhali zamantungwa loludaba siqikelele lungadali uqhekeko emndenini.kulungile boGubhela,ake siyibeke lapho nje okwamanje." Kusho uMkhize esukuma

"Awu yeheeeni cha ngiyalishaya alikhali kodwa angikaze ngikuzwe lokhu,insumansumane uqobo lwayo." Kumemeza uMaZwane eshaya izandla.

Avuke uSmanga ahlale ngezinqa,uyajuluka,uyacabanga leliphupho aqeda kuliphupha.limenza adunyelwe ikhanda manje,phela uthe esazihlalele kamnandi emthunzini wakhe wesihlahla somganu kwaqhamuka izingane ezine zama phambi kwakhe zavele zamemeza zonke kanye kanye zithi baba,umsindo wokumemeza kwazo waya ngokuya unyuka.waze waduma kakhulu ezindlebeni zakhe bememeza kakhulu bethi baba,kwase kuqhamuka izwi eselejwayelekile kuye lathi ayikho ingane okumele ihlukumezeke Phakathi kwezingane zakhe.zonke kumele zibe nobaba futhi akekho nomama wengane yakhe okumele azithole zilahliwe,ayekwenze ekwazi kanye nalokho ayekwenze angakwazi kungokwakhe konke.akekho okumele alahliswe okwenyongo yenyathi,manje uma eyicabanga yonke lento ikhomba ukuba ngaphezu kwamandla ache.yena wathembisa ukuthanda futhi angaphoxi uThandiwe manje uma kunabantu abanye okumele engabaphoxi,sekuyinto enjani leyo.uzobathanda bonke abajabulise kanjani uma yena engafisa kuxabane abantu ngenxa yakhe,cha akasheshe ashade uThandiwe okunye nokunye sekuyothi uma kwenzeka ebe esazishadela kudala no Thandiwe wakhe,kuthi kusenjalo kunqonqoze umuntu emnyango.

"Ngena!" Kuphendula uSmanga exakeka nje ukuthi kungabe ubani omnqonqozela ngomnyama kungekho ngisho no Thandiwe,kusenjalo kuvuleke umnyango angene ovulayo obesemnyango.uThandiwe,amangale uSmanga ukuthi ubekwa yini manje lapha.

"Hhay bo! Gcwabe lami elihle wangena ngomyama kanti bakuxoshile yini ekhaya?" uSmanga ebuza emamatheka emangele.

"Cha Themba lami akunjalo ukuthi akubange kusavuma ngilinde kuze kuse,luthe nje umalunqmuka usuku phakathi kwamabili ngavele ngangena indlela.bese ngikukhumbule kakhulu sthandwa somphefumulo wami,bengingakwazi ukulinda." uThandiwe esondela ehlala eduze kwesithandwa sakhe.

"Yimi ebengingasakhoni ukulinda kulapho beyingekho into engingayenza,yazi Gubhela ukuhamba kwakho usuku lulodwa luvele lwaphenduka inyanga yonke,lento ingenze ngabona ukuthi ngeze ngaphila ngaphandle kwakho.kungenze ngathatha isinqumo esinzulu engenke ngikwazi ukubuyela emumva ngaso,Khabazela ngicela ukuvuka eduze kwakho njalo uma ngivuka,ngicela ungenze indoda emadodeni ungishade Themba lami." uSmanga ecela ukudoda kothandiweyo wakhe.

"Hhayi bo!" uThandiwe ebabaza emangele ejabula nokujabula okudidekile. "Kodwa Themba lami ungadlala kanjani nje kanjalo,uyazi ayikho into engiyifisa njengaleyo kodwa uzoqala nini usebenze ukuze uhambise izinkomo zikababa ekhaya bese siyasha."

"Khululeka wena okhanya amasi esiswini,imithandazo yami iphendulekile.ngithe ngidlala izinamba zami ngapopa ngathola imali impela nje engasiphilisa size siguge uma singayisebenzisa kahle,ngingakushada kanjani ngingakasitholi isibongo sami." Asho lamagama uSmanga qede zehle izinyembezi zilandelana.

"Ungakhali Themba lami,kuzolunga maduze bekezela.ngiphezu kwayo indaba yesibongo futhi isisemaphethelweni impela,kahle kahle isibongo sakho sengisitholile." Bese emlandisa ngohambo lwakhe lonke ukusuka nokuhlala.

Zivele zehle kakhulu izinyembezi kuSmanga. "Yazi angazi nokuthi kumele ngikubonge ngithini,into osungenzele yona ifikisa izinyembezi.ngibonga kakhulu sthandwa sami,unkulunkulu angibusisele wena.cha angikudedele usale usuluphetha loludaba bese uma sengihlangene nabakithi ngivele ngithumele abakhongi,ngethembe ukuthi usisi wakho ngenke angenzele izinto zibe nzima.kodwa ngizobenza ubulungiswa kuye nakumndeni wonke uphelele ngixolise ngesenzo sami,kofanele ngiziqoqe zonke nezingane zami zibe ndawonye zazane." Kuchaza uSmanga

"Khona kuzoba nzima babakhe ngoba akayedwa udadewethu othintekayo lapha kodwa babili mina ngingowesithathu,kodwa nje okungenke kushitshe ukuthi mina ngiyakuyakuthanda futhi ngizoshada nawe ngisho kungenzekani." uThandiwe evula ingubo elala eduze kuka Smanga

"Ningathini uma nginitshela ukuthi lomuntu enikhuluma ngaye uyaphila?" Baze basukuma uZekhethelo nonina uma bezwa lombuzo kaThandiwe,ukhuluma lamazwi nje usebafune waze wabathola lapho behlala khona,kusendaweni ehlala abadla izambane likapondo empeleni indawo ehlala abomdabu basendiya kodwa bakhona nabo abamnyama abathenga imizi khona la e Actonville eBenoni.lendoda ezala uZekhethelo yayingusomabhizinisi omkhulu,ibalwa kubo abadla izambane likapondo okuthe minyamalala baqhubeka abafowabo nebhizinisi.baqhubeka bawunaka umuzi,sebemulandise komke uThandiwe ngokunyamalala kukaMnqobi,ukukhuluma kwabo uyabona nje ukuthi ezinqondweni zabo sebekwamukelile ukuthi uMnqobi sewendela koyise mkhulu.lendaba efika no Thandiwe iyabamangaza,iyabethuza kodwa uma ingaba iqiniso ingaletha injabulo enkulu ezimpilweni zabo.

"Usho ukuthini uma uthi kungenzeka ukuthi usaphila uMnqobi? Uphila kuphi usilahleleni esaphila?" Kubuza uSindi eqhaqhazela nokwehtuka kuhambisana nenjabulo,akhiphe ifoni uThandiwe qede aveze isithombe abuze "Akusiye lona enikhuluma ngaye?" Basukume basondele,babuka,nebala nguye nezinqotho zakhe.

Abalandise ukusuka nokuhlala ukuthi wadibana kanjani no Mnqobi,nokuthi sonke lesisikhathi ubengakhumbuli lutho ngemvelaphi yakhe,uma ebuza uZekhethelo ngo Thembi owake wathandana naye ekukhuleni kwabo ukuthi uyamazi yini wavuma uZekhethelo washo nokuthi uyakhumbula wake waba nomuntu ozithwele kodwa uMnqobi waphika waze walala ngomhlane,waphetha ngokungazi kwenzakalani ngaleyongane.

"Ikhona-ke leyongane isadla anhlamvana,kodwa udaba lwayo nalo lude kakhulu kungashona ilanga kepha soluxoxa ngelinye ilanga sthola ithuba,okwamanje bengicela siye kwami ukuze nibheme nikholwe ukuthi uyaphila uMnqobi." Basukumela phezulu benikela khona,nengebhe ayizibekile phansi kanye nenjabulo.

Bazihlalele baphunga itiye uMnqobi no Qiniso,abalangazelele lutho kubekhona ongqongqozayo emnyango,asukume eyovula isicabha uQiniso.akazanga uyaphupha yini noma udlala inqondo ebona uThandiwe ehamba noZekhethelo nomama ofana naye uThandiwe ngendlela engachazeki,bafana okungathi bangamawele,okumxakayo ukuthi uZekhethelo uhlangana kanjani nonina.

"Qiniso!" uZekhethelo emangazwa ukuthi uQiniso ufunani lapha ngabe kukubo yini,emubuza ethe njo amehlo kuye.ngendlela ayeshaqeke ngayo uQiniso akazange akwazi ngisho nokuphendula umbuzo abuzwa wona,angikholwa nokuthi wezwa bemubuza.bangene endlini baqhamukele lapho okuhlezi khona uMnqobi kwaba sengathi uphaphama ebuthongweni obude,ubuthongo asebulale iminyaka engavuki.obekusithele yonke iminya engqondweni yakhe kwamane kwahlala obala ngomzuzu,uZekhethelo wezwakala ememeza ethi "Baba!" Zaphophoza izinyembezi kuZekhethelo nakuye uMnqobi.

Umuntu owayedidekile kunabo bonke kwaba uyena uQiniso,ezibuza ukuthi kuza kanjani ukuthi uZekhethelo abize uSmanga ngoyise,kungenzeka yini ukuthi sonke lesikhathi bahlezi nomama wakhe uZekhethelo.kanjani kodwa ngoba uma ekhuluma ngoyise umubeka njengomuntu osemathambomhlophe,kungenzeka yini lomama ofana no Thandiwe umama wakhe? Kungani efana naye uThandiwe kangaka,ukhumbula kahle ukuthi udadewabo kaThandiwe uThembi manje lona ngubani ngakube yonke lento isho ukuthini kuye.okudida uThandiwe ukuthi lezinyembezi ezehla emehlweni kaMnqobi akaziqondi ukuthi zisho ukuthini kumuntu ongakhumbuli lutho ngaye.

"Sthandwa sami,Labantu engifika nabo uyabazi yini?" uThandiwe ebuza uMnqobi edidekile

"Yebo mama ngiyabazi,noma kungakabuyi ukuthi amagama abo ngizothi obani,kodwa lentokazi encane bengihlezi ngiyibona emaphusheni ami futhi umnqondo wami ungitshela khona ukuthi ingane yami lena,lonomunye yena unina wayo lentokazi encane." Kuphendula uMnqobi.

"Impela umnqondo wakho ukutshena kahle,lo uZekhethelo ingane yakho Kanye nomama wakhe.sekunesikhathi ngimazi uZekhethelo,okwathi uma ngimubona ngaqaphela ukuthi ufana nawe kakhulu Kanye no Mnqobi,ngabona ukuthi kukhona okushaya amanzi,kunuka santungwana,ngibe sengithatha isinqumo sokwenza ucwaningo nalo olungekho emthethweni.ngiyaxolisa ngalokho kodwa isimo besiphoqa ngoba ngikwenze ngenhloso yokudibanisa umndeni olahlekelene.ngibe nendlela yokuthola amagazi enu nobathathu ngase ngenza ulibo fuzo,ngasengithola-ke ukuthi ninyamane niyigazi elilodwa.angimanga lapho ngiqhubekile ngenza uphenyo olube seluveza ukuthi uMnqobi ungubaba kaQiniso no Zekhethelo,engiqonde ukukusho lapha kuwe Qiniso ukuthi udadewenu lona futhi nangu ubaba wenu ebesihlala naye layindlini simbiza ngoSmanga ngenxa yokungalazi igama lakhe." Kuchaza uThandiwe ngesineke.

"Hhayibo! Mama yima kancane,usungidida kakhulu manje kunakuqala,ufuna ukungitshela ukuthi bengihlezi nobaba wami la? Wakwazi wena lokho kodwa wangasho lutho kimi,ubaba efuna kangaka ukwazi imvelaphi yakhe kodwa wena ubuyazi wasuyamfihlela,kanti uyinhloboni kapende mama." uQiniso ukhuluma lamazwi nje izinyembezi ziyazehlela,intukuthelo ibhalwe ebusweni.

"Cha Qiniso mfana wami,bengingazi mina ukuthi uSmanga ubaba wakho,kunjengoba bengichaza"

"Wooh mama! Whooh! Ufuna ukungitshena ukuthi wena wathandana nomuntu naze nabanengane waphinda wamukhohlwa? Ngangokuthi noma usuphinde wadibana naye awusamboni?" Kusho uQiniso ebila intukuthelo

"Yabona elinye iqiniso ongalazi elokuthi mina angisiye umama wegazi,indaba ende kodwa okuhle nje okumele ukwazi ukuthi umama wakho udadwethu,nakho lokho bengingakwazi kanti naye umama kaZekhethelo futhi ungudadwethu,konke lokho bengingakwazi ngikwazi manje.nakhona ngikwazi ngoba ngenze ucwaningo ,kuningi okusafanele ngikuchazele khona.esihlangene ngakho namhlanje ukuthi wazi uZekhethelo udadwenu futhi ubaba wenu nguye lo,kanti nomama benu abandawonye."

"Ngamanye amazwi mama mina ngingowakwa Hlabane,ubaba yena ubani igama lakhe langempela." Kubuza uQiniso engenasiqiniseko sokuthi kumele ethatheni ahlanganise nani ngalolulwazi aluzwayo,kuzwakala kuningi kakhulu,kuningi okusafanele akwetshise kahle azame ukujwayela kodwa enzima kakhulu eyokuthi kumele amukele nokuthi uThandiwe akuyena unina amuzalayo.

"Yebo Qiniso isibongo sakho uHlabane,igama likababa uMnqobi."

Kwaba nzima kakhulu ukuhlukana ngalolosuku,uZekhethelo ejabulela ukubona uyise,injabulo nje yokwazi ukuthi uyise usadla anhlamvana futhi useyakwazi nokuzihambela,kuyena kufana nephupho.kwakungathi uma ephuma ngomnyango kuzoshitsha ukukhuluma kuthiwe ubephupha,ngenxa yaleso sizathu kwabiza ukuthi uZekhethelo ahambe ayolanda izimpahla abazozigqoka uma belala ukuze balale kwaThandiwe,uMnqobi walala nezingane zakhe,bezejwayeza nje ukuba umndeni emva kwesikhathi eside kangaka,usuku lokuqala kuQiniso no Zekhethelo bezazi ukuthi bangabandawonye babhema ngatshengula yinye.umbuzo owawubahlupha owokuthi abanayo indlela abangabuza ngayo ubaba wabo ukuthi kuzokwenzakalani ngomama wabo osekuvele ukuthi bathanda indoda eyodwa bobathathu emzini owodwa.kuwumuzi owodwa ngempela ngoba uThandy no Thembi bazalwa ubaba oyedwa bese kuthi uSindi uzalwa ubaba olamana emhlane nobaba walaba ababili.

uThandiwe wayelele egunjini elilodwa nodadwabo uSindi,nabo betshisa kahle indaba yokuthi bangabandawonye kodwa bathanda indoda eyodwa.

"Awusho mtakababa ikuphatha kanjani indaba yokuthi indoda yakho ubaba wengane yakho osekudukele iminyaka emingaka obungasathembi nokuthi usaphila,kuthi lapho omthola khona uthole ukuthi uthandana nodadwenu?" Uwubuza lombuzo nje uThandiwe unovalo lokuthi uzobhekana kanjani nempendulo kaSindi,mhlampe nje ayizukuhlala kahle kuye.

"Cha Gubhela akukho okuzoshitsha,mina ngijabulela ukuthi umnyeni wami ebengazi ukuthi sewashona,ngaze ngamuzilela ngenhliziyo ngoba ngangingeke ngigqoke inzilo ngingasibonanga isidumbu sakhe kanye nethuna lakhe,ukwazi ukuthi uyaphila kuyinjabulo ephelele kimi okunye nokunye sekungaba ibhonasi.wena uzicoshele indoda elahlekile ongayazi,engazazi kwayona uqobo lwayo,wayiqoqa wayigona wayinakekela kwaze kwaba iyahamba ngoba kithi yanyamalala ivele ingakwazi ukuzihambela.phezu kwawowonke lomsebenzi osuwenzile bese ngiyakuphazamisa ngime endleleni yenjabulo,buka manje uzithwele,ngizoba umama onjani ohlukanisa ingane noyise wayo,uma ungabheka akekho onephutha kuyona yonke lento.uMnqobi akanaphutha,uQiniso akanaphutha,kanjalo noZekhethelo akanalo iphutha,ngisho nami imbala kanye nengane oyithwele.phakathi kwethu akekho okumele ajeze." uSindi enikeza udadewabo impendulo esuka Phakathi ekujuleni kwenhliziyo.

"Ngiyakuzwa dadwethu,ukhuluma iqiniso elimsulwa futhi ugeqe amaguqala,nami-ke ngenke ngivume kube nengane ehlukana noyise,ngokwami ukucabanga,sisi bekungabanjani ukuthi ungivumele ngiqhubeke no Mqobi,sibambisane endodeni sibenendlela yokuphilisana njengezingane zandawonye.sibe umndeni owodwa othandanayo ongaxabani." Kuzincengela uThandiwe.

"Ukube bekulele kimi lokho ngabe ngithi elethu,kahle kahle nguwe onikeza mina lelothuba ngoba indoda sekungeyakho,kodwa-ke konke lokho kuzoya ngokuthi umnikazi wendaba uyizwa kanjani futhi usangibona njengomkakhe.okunye ebengifisa ukukwazi ukuthi uThembi emva kokuzala uQiniso wenza njani? Waqhubeka nempilo noma uphi manje wenzani nobani?" Kubuza uSindi

"Eyi sisi wathinta enye indaba,indaba yakhe ibuhlungu,kahle kahle selokhu ahlukana noMnqobi akazange aphinde abe nothando lomuntu wesilisa,lokhu azihlalela kusuka ngaleso sikhathi.kuyacaca walimala kakhulu emoyeni wakhe." uThandiwe ephendula ngokudabuka

"Uyabona sisi ukuthi kulenhlanganiso yethu asiphelele,kumele ajoyine uThembi,umuntu owoniwa lapha uyena.uyena odinga ukwelashwa okwedlula thina sonke,lendoda kumele kube ngeyethu sobathathu futhi ukhumbule uThembi naye ungumama kaQiniso,kodwa namanje ngisaphinda konke lokhu kulele kuye uMnqobi ukuthi yena uyithatha kanjani." Kuqhuba uSindi

"Ngiyakuzwa,kofanele sihlangane simncenge,asibone isizathu Salento eyisifiso sethu.ukukhuluma iqiniso njengomuntu efa kungabamnandi kodwa kubiza ukuzwana kuqale kithi,kuzokwenza izinto zibelula ezinganeni zethu.kubelula nakuye umnikazi wendaba ngoba uyambona ungumuntu ongawuthandi umsindo nokuyinto engamenza ayinqabe yonke lento yesithembu,kuyobalula makungabambisana thina noma sekuhlangana imindeni yethu ayisithole simdibi munye sibhema ngantshengula yinye." Kuthatha uThandiwe

# ISAHLUKO SESITHUPHA-6

Igcwele iyachichima inkantolo yemantshi eBinoni,abantui bangangozulu eya emakheni,iningi labantu eligcwele lapha lifuna ukuzibonela lomuntu ovuka ekufeni,ngesikhathi uMnqobi ehla emotweni yamaphoyisa wezwa umsindo wabantu bememeza,uke wazethembisa ukuthi basohlangothini lwakhe kepha kuthe uma esondela wabona ukuthi itshe Ligaya ngomunye umhlathi.kuthi abamudle bemufele,besho khona ukuthi ungumqambimanga ozenze ofileyo ngoba ethembe khona ukubalekela amacala ache.besho bememeza bethi aliboli lingathethwanga jeza mngulukudu ndini,lapho umangele ukuthi kanti yini le engaka ayenzile ukuze abantu bemudinelwe ngalendlela exaka usathane,usesindiswa nawukuthi kunenqwaba yamaphoyisa emuqaphe ngelokhozi kanti nabafowabo bakhona nabo bamuzungezile.uthe uma engena enkantiolo basukuma bama ngezinyawo njengophawu lokuhlonipha,uthe esathuswe ilokho wase eqaphela ukuthi bahlonipha imantshi okuthe uma yena engena ngomunye umnyango nayo yangena ngomunye,kuzwakale iphoyisa limemeza libayalela ukuba bahlale phansi,nebala kwaba njalo.

"Mnumzane Hlabane,ngiyaqaphela ukuthi ukhethe ukungabi nammeli kodwa uzimele wena,ake uchazele inkantolo ngesinqumo sakho osithathile ngoba kuyacaca ukuthi unenhloso nqangi ngaso,noma ujumekile ngesinqumo sakho." Kuthatha imantshi

"Nkosi yenkantolo,ngiyavumelana nawe ngokuthi ngisicabangisise kahle akunaphutha,isizathu esenza lokho ukuthi ngiyakholelwa ekutheni umuntu odinga ummeli yilona ophika amacala wakhe abekwe wona,okwami kwehlukile kumhlophe njengekati ehlungwini,akunacala engiliphikayo kodwa ngize lapha ukuze inkantolo ingazise ngecala engibekwa lona nokuthi ninginika sigwebo sini." Kuziphendulela uMnqobi

"Awuzele icala kepha unamacala athe ukuba maningana,elokuqala elokuthandana nezingane zandawonye ezintathu zingazi zona,lokho-ke kwenza ubonakale njengesigebengu esilutha izingane zabantu egameni lothando,okwesibili ube sewumithisa ezimbili kanye kanye kwase kuthi lena enye uyayiphika,yicala lesibili lelo,waphula inhliziyo yomuntu owaphika ingane kuye wamenza waphelelwa ukuzethemba,nempilo yakhe yama ngoba akaphindanga wanethemba lomuntu wesilisa,icala lesithathu,elesine uncishe ingane ilungelo lokuba nabazali,yakhula ingenababa,ingenamama ngoba nalomama oyikhulisile bekungeyena umama oyizalayo,kuyicala-ke ukwepuca umuntu ilungelo,icala elibomvu kabi. Kuthe kusenjalo wavele wanyamalala kuhle komphefumulo iminyaka emithathu ushiya unkosikazi efana nomfelokazi nengane engenababa.bakuzilela uphila,ubahlukumeza imiqondo yabo,lokho kuyicala lesihlanu esikuthwesa lona Hlabane,ngaphambi kokuba kuphume isigwebo inkantolo icela ukuzwa ukuthi uyawavuma noma uyawaphika amacala obekwe wona?" Yasho yakhumula nezibuko imantshi

"Nkosi yenkantolo,mhlampe okokuqala kungaba umubuzo othi ubani ongibeke lawomacala ngoba angizwanga ukuthi ubani ongimangalele,kodwa-ke ukuphendula umbuzo wakho ngingathi nje limbula ingubo lingene,lokhu ngikusho ngoba lamacala abalwa njengamacala angizange ngibone kuyicala namanje angiboni kanjalo,okungaba yicala kukhona konke icala lokuphika ingane okunye cha,lapho ngiyavuma futhi nganginesizathu sakho.yebo khona nobungane babukhona kodwa indlela aziphatha ngayo umama wayo nganginelungelo lokungamkholwa,ngangingaphiki ngoba ngibalekela iqiniso,ngayiphika ngizitshela ukuthi akusiyo eyami.mhlampe ngalesosikhathi yabakhona into enginika isiqiniseko sokuthi ingane eyami ngabe angiyiphikanga,ufakazi walokho khona enye ingane eyazalwa ngesikhathi esifanayo kodwa yona ngayivuuma ngenxa yokuthi lalikhonyana ithemba,okokuthi wenzani unina wayo wenzani emva kwalokho akusiyo into engaba icala lami,izinqumo zakhe ngezakhe akazithathiswanga yimina futhi uma esezithathile angizazanga mina.ukube wayengazisile ngazo kwakukhona engingakwenza ngoba ngangingayizondi ingane futhi naye umama wayo ngangingamuzondi kuphela nje ngangingakholelwa ukuthi ngeyami,ngicabanga ukuthi nami nginalo ilungelo lokusho indlela engizizwa ngayo." Wabe esecela ukuphuza amanzi uMnqobi,bamnika wawashayela ekhanda qede waqhubeka.

"Kwelokuthi ngathandana nezingane zandawonye ngizilutha cha akulona iqiniso lelo,mina uma ngithandana noThembi wayesebenzisa isibongo sakwaDlamini,uSindi yena engowakwa Mkhize,ngangizokwazi kanjani ukuthi abandawonye laobantu? Nabo babengazazi ukuthi abandawonye,ukuthandana kwami no Thandiwe akusiyo into engingazibeka icala ngakho kodwa kunalkho ngingakubiza ngenhlanhla engandele muntu.ngidibane naye ngingazazi mina uqobo,wayengakwazi kanjani-ke ukuthi ngiyisoka likadadwabo ekubeni engangazi nokuthi ngingubani.mina uma ngingazazi mina ngangizomazi kanjani omunye umuntu,kwangisiza ukuhlangana naye ngoba yikho okwanginikeza ithuba lokuphinde ngizazi ngazi nomndeni wami.engingakusho ukuthi kuwo wonke lamacala engibekwa wona ngibona inkantolo ikhathazeke kakhulu ngo Qiniso,Zekhethelo,uSindi,Thembi Kanye no Thandiwe okuyinto enhle leyo,kodwa engingakuqondi ukuthi inkantolo iyakuqonda yini ukuthi lababantu bayangithanda futhi ngibalulekile kubona,manje uma ngiboshwa ? Niyakuqonda yini ukuthi bona Kanye lababantu enibenzela ubulungiswa yibona abazohlukunyezwa ukuboshwa kwami,nibaphuca injabulo abanayo ngenxa yokuthola mina emva kwesikhathi bezitshela ukuthi sengendela kweloyise mkhulu,uma inkantolo izimisele ukwenza ubulungiswa mhlampe kumele yazi ukuthi bona bafunani bese ibanika izimfanelo zabo noma abakufunayo.uma kungukuthi bafuna ngiboshwe,cha ngenke ngiphikisane nabo ngoba kufunwa yibona,ngiyabonga nkosi yenkantolo." uMnqobi ehlala phansi.

Imantshi yabonakala ikhipha izibuko iphinde izifake,yakhipha iduku yazesula umjuluko qede yathi akuyiwe ekhaefini inkantolo izophinde ihlale emvakwehora.

Emvakwehora yabuya futhi yahlala inkantolo,kwezwakala izwi lomemezayo ethi "All rise in court" Okusho ukuthi abantu abasukume ngolimu lwasemzini,okuyindlela yokuhlonipha ukungena kwemantshi,laphinda lasho futhi izwi "You may all be seated" Okwakuthi abahlale phansi ngolimu londlebe zikhanya ilanga,nebala kwabanjalo,yaqhubeka imantshi yakhuluma ibhekise kuMnqobi.

"Mnumzane Hlabane ngike ngathi ukuzenzela olwami uphenyo mayelana nokuthi kuyiqiniso yini ukuthi ukewaba nesifo sokukhohlwa phecelezi amnesia,uphenyo lwami luveza ukuthi ngempela kunjalo,kodwa-ke uma sibuyela emumva kancane,ekuthandaneni kwakho no Sindi Kanye noThembi awuzange nje kuwuhluphe umoya wakho ukuthi kungani befana kangaka bengahlobene?"

"Nkosi yenkantolo azange ngikhathazwe lutho kodwa ngazitshela ukuthi kusho ukuthi bobabili bawuhlobo lwabantu engibathandayo futhi kwakungenke kungikhathaze ngoba mina bengingakaze ngizwe ukuthi ukuthandana nabantu bandawonye kuyicala,kodwa nje ukufakazela ukuthi kusho uhlobo lwabantu engibathandayo ngiyalwazi ngabona ngoba ngihlangana no Thandi,umnqondo wami wawungitshela ukuthi ngathi ngenke ngambona okusho khona ukuthi ngangimfanisa naye uThembi no Sindi,konke lokho sekwenzekile ngenke ngisakushitsha,uma kuyicala kusho khona ukuthi limbula ingubo lingene." Kuphendula uMnqobi

"Kuyezwakala nsizwa,inkantolo isilubhekisisile udaba lwakho yathola unecala,siyakuzwa khona ukuthi konke lokhu wakwenza ungazi kodwa-ke icala icala futhi onecala uyagwetshwa,isigwebo sakho nasi,Phakathi kwalezingane zonke onazo akukho neyodwa okumele ingabi nababa namama,ayikho okumele izizwe ilahliwe noma izizwe isele dengwane.uma kwenzeka lokho inkantolo iyokugweba ngoba akekho owazicelela ukulethwa emhlabeni ngendlela afika ngayo,lokho-ke kusho ukuthi omama balezingane bobathathu uzobathanda ubanakekele ubashade,akekho namunye Phakathi kwabo okumele ezizwe emncane kunomunye noma engabalulekile,uyophila imihla yakho yonke wenza okusemandleni akho ukubenza bejabule nsuku zonke,abangazitholi sebengazwani ngenxa yakho,siphelela lapho-ke isigwebo sakho,awuzukungena ejele kodwa hamba ubuye ekhaya uyothanda unakekele umndeni wakho,khona manjalo waphaphama.

Ngeke ngasho ngathi kukhona iphupho othi uma uphaphama kulo uthi kungcono ngoba ngiyaphupha,ungafisi ukuphinde uliphuphe nangelinye ilanga,bese kuba nephupho othi uma uphaphama kulo ufise ngabe awuphaphamanga,ufise ngathi belingephele.ingathi ungahlezi uliphupha,kodwa leli aqeda ukuliphupha uMnqobi liyindida ngoba akazi ukuthi ajabule noma aphatheke kabi,ngakolunye uhlangothi luyajabulisa ngoba ulinqobile icala,.olunye uhlangothi luyamethusa uma kufanele ashade abantu abathathu bandawonye,aphinde azibuz3e umubuzo othi konje kungenzeka yini abhekane namacala afana nalawa kade ewaphupha.khona kungenzeka yini ukuthi vele ukhona omcabangela into efana nalena,aphinde athuswe ukuthi konje vele kukhona uSindi owayexabene naye.phela uma kungenzeka ukuthi ubemlindile yonke leminyaka kusho ukuthi naye la ekhona ujabulele ukuthola umnyeni wakhe,manje pho uzoyamukela yini indaba ka Thandiwe,yena uThandiwe uzoyamukela yini indaba yokubhanqwa.emva kwezithembiso ezingaka azenzile kuye,ethi usathuthubeleza Phakathi kwaleyomcabango enendathane yemibuzo engenazimpendulo,kuzwakale lelozwi lomuntu ohlezi ekhuluma naye ngisho engalele,izwi lendoda eyaqale yafika ngephupho kwaya ngokuya yagcina ikhuluma nje naye noma inini noma kuphi.

"Ungethuki ndodana ubungaphuphi,okuqeda kwenzeka bekungelona iphupho kepha icala selithethiwe laqedwa alikho elinye elizophinde lithethwe uma ukwenze kahle konke oyalelwe khona,uyophila kahle imihla yakho yonnke yokuphila,impumelelo Kanye namabhizini akho onawo nalawa osazoba nawo ilele ekwenzweni kahle kwakho nokuyalelwe khona,kodwa kwaba khona okukodwa ongakwenzi kahle,amabhizinisi akho ayoshabalala njengamazolo ebona ilanga,kuphele ngempilo yakho uhlupheke uze ufe.ukhumbule-ke ukuthi iphutha olenzyo ngenke lidicilele impilo yakho kuphela kepha kuyoba nomthelela kulabo osondelene nabo,akukho okunye okumele ukucabange kodwa Sukuma uzithintithe njengendoda wenze okumele ukwenze,akekho umfazi wakho okumele asokole noma akhubeke kulaba bobathathu esikunike bona ngoba labafazi awuzikhethelanga bona futhi nabo abazikhethelanga kodwa ifindo lomshado wenu liboshwe zidalwa,okusho ukuthi lomshado uvunywe abaphansi wabusiswa nasemazulwini.uma uphikisana nawo uyobe uzithathela isiqalekiso,isigwebo ileso.isona sizathu esikubeke lapha kanti nokulimala kwakho kwakungelona iphutha kodwa yindlela yesijeziso sakho ngokulahla uQiniso Kanye nonina wakhe,leli ithuba lesibili alikho elinye,ngakho-ke ungaphindi wenze iphutha elifanayo." Lamazwi onke akhulunywa yizwi alizwa yedwa noma ebhekile.

Konke kwahlala obala njengezinqe zesele,akusekho okwakufanele akucabange ngaphandle kwendlela azobanxenxa ngayo omama bezingane zakhe ukuthi bengalwisani nalokhu okumele kwenzeke,noma bengayithandi lento kodwa kuyamuphoqa ukuthi azifundise ukuyithanda ngoba ayikho enye indlela yokuyigwema.angenke avume ukuhluphekisa abathandiweyo bakhe ngenxa nje yokuziqhenya kwakhe,abafowabo sebelibambe isikhathi eside ibhizinisi lakhe yena engekho,ngenke abuyele ukuzodicilela phansi umsebenzi wabo onganka.

"Sijabule kakhulu mfowethu ukukubona emva kwesikhathi eside kangaka,noma nje bekungelula ukuthi sivume kodwa bese siqala ukucabanga ukuthi hleze kumele samukele awusekho kulamagada ahlabayo.noma bekuzoba nzima nokukwenza lokho singaliboni ithuna lakho,kodwa siyamubonga umdali wezulu nomhlaba Kanye nezidalwa zonke zakithi ezenze icebo lokuthi siphinde sihlangane usadla anhlamvana usabheke ngawomabili,siphinde simbonge nangalentokazi yakwaMkhize eyakhetha ukunakekela wena idele nempilo yayo kanye nemisebenzi angayenza.yakuthwala kanzima iwa ivuka nawe kuze kube manje,siswele amazwi nemilomo eyizinkulungwane yokubonga umusa ongaka asenzele wona.siyohlezi simbonga mihla yonke yokuphila kwethu,sibonge nomama kaZekhethelo okuthe noma sekuphela amathemba okuthi usaphila kepha yena akaphelanga mandla wazotha emzzioni wakhe,wafudumala umuzi ekhulisa ingane yakho ngothando,wakudela konke okomhlaba wakhumbula ukuthi yena washada lapha ekhaya.leli ithuba lesibili okumele uliphathise okwezikhali zamantungwa uphile usukui nosuku,umzuzu nomzuzu ulibonga lelithuba onikwe lona,ngoba kunesizathu esenze walinikwa lona empilweni." Omunye wabafowabo bakhe uMnqobi,esho lamazwi kuphuphuma injabulo yokuphinde abone umfowabo edla anhlamvana.

Kwabe sekungenelela omunye futhi umfowabo wathi "Ukugcwalisa nje emazwini kamfowethu,awekho kahlehle amazwi esingawakhuluma ngomlomo alingana nendlela esijabule ngayo ukukubona usaphiola mfowethu.siyajabula nokukwazisa ukuthi ibhizinisi lakho sasala salibamba ngezandla zombili emva kokunyamalala kwaskho,kuyimanje lihamba kahle kakhulu.yize noma besingazi usaphila noma awusekho emhlabeni kodwa asizange nangelilodwa ilanga sikhohlwe nguwe nokuthi ibhizinisi ngelakho,besiqinisekisa ukuthi inxenye yakho siyayifaka ebhange lakho inyanga nenyanga ngemumva kokuthola imininingwane yakho,emotweni yakho,sazithatha zonke izinto sazinika umakoti,esingabala kukho ipasi kanye nekhadi lasebhange.ngenhlahla enkulu umakoti ubesenalo ithemba lokuthi usaphila futhi uzobuya,yingakho engakaze asebenzise ngisho isenti elilodwa emalini yakho,nemali yokubheka umuzi besimunika.ngalawomazwi ngizama ukusho ukuthi losomabhizinisi owanyamalala unguye,namanje usenguye,usayinkinsela.sibonga asiphezi bafo,futhi siyakwamukela,siyajabula ukuthi intwana yakithi encane ehlakaniphile ibuyile."

Izinyembezi ziyazehlela kuMnqobi,yonke into ekhulunywa abafowabo imenza akuqonde ukuthi ukunyamalala kwakhe bekuyinto ebuhlungu kangakanani ezimpilweni zabantu abaningi ababesele ngemumva. "Cha bafowethu ngiswele yona imilomo eyizinkulungwane ngokusala nibambe ibhizinisi ngezandla zombili nokuthi ningangikhohlwa futhi ningalilahli ithemba ngami.nokuthi unkosikazi bemntanami uZekhethelo ningabahlinzeli ezibini,ngibonga angiphezi bafowethu.ngicabanga ukuthi niyakhumbula kudala ngesikhathi kunomunye umuintu engangithandana naye ethi ukhulelwe ngaphika ngenxa yesizathu enisaziyo,ngicela ukunitshela ukuthi lensizwa yiyo eyazalwa ngalesosikhathi.nani-keniyazibonela ukuthi eyakithi.ezinye izinto okumele ngizilungise nezaba isizathu ukuthi ngize ngibe lapha,isizulu sithi limbula ingubo lingene,siphinde sithi aliboli ungajezile." Waqhubeka wababekela ukusuka nokuhlala ukuthi kuze kanjani aze adibane noQiniso.

# ISAHLUKO SESIKHOMBISA-7

Kungumgqibelo ngezikhathi zasekuseni,lihle ilanga lipholile,akushisi akubandi,uThandi,Thembi no Sindi badibene khona la phansi kophahla luka Thandi.phela no Thembi kubonakale ukuthi kumele asondele eduze ukuze baxoxe kahle naye ngoba bekungesilo udaba abangaluxoxa efonini lolu,lujule kakhulu.nokho lomhlangano ubuhlelwe uThandi ebambisene no Sindi,kanti noMnqobi kukhona okumhluphayo okuthe besafuna indlela abazoluqala ngayo udaba nendlela abazomngena ngayo,bamangazwa ukuthi yena uvele wangapholisa masekho wahlala phezu kodaba.

"Ngiyaxolisa kakhulu ukuvele nginehle ngaphezulu,nginiojume kodwa ngibone kungcono ukuthi ngisebenzise lelithuba nisahlangene nobathathu,nginazise ngalokhu okukhathaza uimoya wami.ngizizwa nginecala ngiphinde ngizibone njengomqambi manga ngoba ngamunye lapha kunina kunezithembiso engazenzayo.ngenza isithembiso sokuthi ngonithanda ebuhleni nasebubini,ngathi siyohlukaniswa ukufa.kuhambe kwahamba ngafikelwa isimo sokukhohlwa ngangazi nokuthi ngingubani wakwabani,kulowomzuzu ngahlangana nawe Thandi wangithanda nami ngakuthanda.ngakwethembisa ukuthi angisoze ngakulahla futhi angisobe ngakushiya,kodwa ngiyohlala nawe imihla yonke yokuphila kwami,ngizama konke okusemandleni ukukujabulisa.phezu kwakho konke lokho,nobathathu ninezingane zami,ayikho neyodwa ingane yami engifisa izizwe inganakiwe noma ilahliwe nakini kunjalo,ngifisa kungabibikho noyedwa Phakathi kwenu oyisitha kimi futhi angifuni Phakathi kwenu kube khona ozwa ubuhlungu ngenxa yami,njengezingane zandawonye akekho engifuna azonde omunye ngenxa yami,angifuni ukujabulisa omunye ngokuzwisa omunye ubuhlungu.manje angazi bo-Gcwabe abahle ukuthi into enjengalena singayilungisa kanjani,ake ngizwe ngani ukuthi iyiphi indlela esingayisebenzisa engasisebenzela sonke,ngininakekele nginijabulise nonke ngaphandle kokuthi kubekhona ophatheka kabi Phakathi kwenu." Ukhuluma lamazwi nje ingebhe ayizibekile phansi.

"Kuyiqiniso okushoyo Hlabane,ngenhlahla enkulu-ke nathi njengezingane zandawonye sike sahlala phansi sayidingida lendaba ngenhloso yokuthola isisombululo,isixazululu esifinyelele kuso ukuthi kuzomele usishade sobathathu,usithande usinakekele sobathathu,kungabibikho noyedwa kithi ozozizwa engathandwa njengabanye.akunandaba ukuthi isikhathi esiningi usichitha nobani ngoba vele thina abanye bese sivele sikwamukele ukuthi awusekho ezimpilweni zethu,ukwazi nje ukuthi ukhona uyaphila kufana nethuba lesibuili kithi,so uma nje uzosithanda ube nesikhathi sethu kuyobe kuphelelisiwe." uSinsi ephendula uMnqobi ngenkulu inhlonipho ehambisana nothando,yamumangaza lempendulo ngoba ubengayilindele neze.wababuza waphindelela kubobabathathu ukuthi bavumelene ngempela yini ngalento futhi iyona yini abayifunayo,wabanxenxa ukuthi bengenzi into ngoba benzela yela kodwa abenze okufunwa ibona.yena uzokweseka noma isiphi isinqumo abasithathayo,wabacela ukuthi baphinde bacabange kahle okuyikhona abakufunayo,naye usazocabanga ngesinqumo sabo kuzothi ngakusasa baphinde bahlangane bayikhulume lendaba.

Izindaba ezinhle nezijabulisayo zokuthi uMnqobi uyaphila zasezihambe zajubalala zaze zafika kwaNongoma esigodini sasoDushwini noma kwaBazini la uMnqobi engowakhona,noma kwase kuphele iminyaka engamashumi amabili beyizakhamuzi zakhona kodwa babengesiwo umsinsi wokuzimilela,inkaba kaMnqobi nabakwabo yayisale kwaJuba,kwaJuba esinye isigodi sakhona kwaNongoma kulayini obheke eSovane.yena nabafowabo babezalelwe khona kwaJuba kodwa uyise wabo wayezalelwe wakhululela ngaphesheya komfula izimpisi okuyizona ezahlukanisa uJuba noMahlomane.okuthe uma uyise eseganiwe wase eshiya ikubo kwaNtabangithole,emehlomane,wawelela kwaJuba.lapho afike akha khona umuzi kayise,injabulo ayibuzwa emndenini kaMnqobi kanye nezihlobo ngokuzwa izindaba ezimnandi kangaka.kwakuzokwenziwa idili likamkhipheni kubungazwa ukubuya kwakhe,yidili likamkhipheni ngempela ngoba ziyisikhombisa izinkomo ezazizohlatshwa.

Kodwa yini esimangazayo ngoba uMnqobi wayeyinkunzimalanga kasomabhizinisi okuthe uma enyamalala lasala kubafowakhe balibamba ngezandla zombili balifukula balibeka ebalazweni,babengathandwa bekhothwa phansi njengoshukela ngoba lelibhizinisi lalivuse imizi emningi yasemakhaya.babengathanga uma befika esilungwini basebekhohlwa ila bephuma khona kodwa babenikeza amathuba emisebenzi kulabo ababesezindaweni zangasemakubo,sona isibongo sakwaHlabane sasaziwa njengesibongo esingandile neze kodwa yayikhona imizi yakubo eyayakhe oDushwini,kwaJuba,eMehlomane,koMbuzi nakwa Mngandule,isabalale ibheke ko Ngwavuma,eJozini,Manyiseni,Mtuba nase Mandeni,la yayiminingi khona kakhulu kuse Swatini,uma-ke ucabanga ukuthi lomcimbi kusazophinde kube khona abakwaMathe la kwakuzalwa khona isithole esizala uMnqobi usengaphinde usho futhi ukuthi izinkomo eziyisikhombisa ziyahamba? Cha angicabangi kanjalo.

Bamatasatasa balungiselela lomcimbi omkhulu ozayo,abafowabo bavele behla bayokwenza onke amalungiselelo omcimbi,kwasala yena uMnqobi nomndeni wakhe lo okumele awuhlanganise.kumele ethi ehla nje eya ekhaya kube kungukuthi izindaba zakhe usezilungisile zonke ngoba enkulumeni yakhe ayobe eyethula kumele atshene abantu ngokwakuzokwenzeka ukuya phambili,wawungabona ukudla okwakuzodliwa ngomcimbi kanye neziphuzo,kwakulethwa ngamakhulu amaloli lawa,wawungafunga ukuthi kuzobekwa inkosi.uyazibonela nje ukuthi kuyobe kusindwe ngobethole kufinywa ngendololwane.

"Angiphinde ngithathe lelithuba ngibonge ukuthi nibambe nami lomhlangano,ake ngizwe ukuthi nixoxe naphuma nasiphi isiosombululo,ngiyacabanga nibe nesikhathi esanele sokubonisana ngoba niphinde naba ndawonye ubusuku bonke." uMnqobi ekhuluma nomama bezingane zakhe abathathu,aphendule uThandiwe.

"Yebo baba,nathi sizizwa sihloniphekile ukunikwa lelithuba lokuzikhethela esikufunayo,singaveleli nje sitshenwe nje.lokho kukodwa kusho lukhulu futhi kuyasibonisa ukuthi uyindoda enesineke nothando nenakekela kangakanani,kahle kahle konke okwenzakalayo thina sikubona kuyinhlanhla kithi.siyabonga baba ngothando lwakho futhi asizisoli ngokuthanda wena singabandawonye,kunalokho siyayibonga lendlela okwenzeke ngayo.esikufisayo baba akushitshanga,sifisa ubaba asishade sobathathu qede asithande asinakekele,asikhathalele sonke ngokulinganyo.asithathe njengamawele awathandayo,nathi sizophila njengawo amawele sibambisane kukho konke singafuni luttho komunye wethu.futhi kuyimanje sesinakho lokho kuxhumana kangangokuthi sekunzima nokuhlukana ingathi singahlala sonke kulendlu singaphinde sehlukane,asizenzisi kodwa siyamukela ngezandla ezimhlophe futhi siyayithanda lento.siyacela ubaba angazami ukusishitsha umnqondo." Kuqhume uhleko behleka bobathathu.

"Cha ngiyanizwa bo Gubhela,njengoba bengike ngasho-ke ukuthi ngizokweseka enikushoyo,akukho engizokuphikisa kulokhu esenithe nakukhuluma.ngizonishada nobathathu futhi umshado wenu uzoba ngosuku olulodwa kube indumezulun yenqophamlando yomshado,komenywa ngisho nabamaphepha ndaba,yize noma uSindi sesashada naye kodwa uzophinde ashade sivuselele umshado wethu.kufuna ukuyenza kube ngathi ningamawele ngempela njengoba ngisho.manje angifuni kube khona ozosala kulenqophamlando,okunye ukuthi ngizonithengela umuzi omkhulu phecelezi imension esizohlala kuyo sonke,lokho kuzokwenza ngihlale nginani nobathathu zonke izinsuku,ngiyafisa nibe nendlela yokuphilisana ngaphansi kophahla olulodwa njengezingane zandawonye ezinjengamawele,omunye nomunye uzoba negumbi lakhe lokulala,nami uqobo ngizoba nelami.okuzoba imfihlo yami yilokhu okukamavakashelana,imina engizokwazi ukuthi ngivakashela bani nini ngasikhathisini,kepha okubalulekile ukuthi sohlale sibonana ngaphansi kophahla olulodwa zonke izinsuku.ukudla kwakusihlwa sizokudla ndawonye bese kuthi kunelinye ibhizinisi engibhizi ngokulihlanganisa,elokuhambisa amaphilisi esuka la ekhandwa khona aye ezibhedlela ezakhele iGoli ngokuhlukana kwazo,malikhula seliyonabela nakwezinye izifundazwe.likhona engizolinika abafowethu yilona leli ebelikhona vele,bazoqhubeka nalo.lomnqondo webhizinisi Elisha kudala wabakhona uphila,ngaba nawo ngenkathi ngizwa uThandiwe ekhalaza kwesinye iskhathi ukuthi amaphilisi nemithi akufikanga ngesikhathi esibhedlela.ngayitshala lento yaze yamila,ngasengithi uma ngithola imali ngiyokhuluma nezinkampani ezakha maphiliasi nemithi ukuthi banginike ithuba kube yimi engisebenza umsebenzi wokubadilivela." Umnqobi ekhuluma nesithembu sakhe.

"Cha Siyabonga Hlabane,inkulumo yakho ifana nomculo omnandi ezindlebeni zethu,nale yokuhlala ndawonye izwakala kamnandi kakhulu kimi,kwazise besizihlalela sobabili nje no Zekhethelo okusho ukuthi siyahlukana nesizungu.uyabona noma uke waphazamiseka waphazamiseka waba nesifo sokukhohlwa kodwa kuyasho ukuthi umqondo webhizinisi wazalwa nawo,cha lihle kakhulu ibhizinisi elisemqondweni wakho futhi nginesioqiniseko sokuthi lizophumelela.nginombono wokuthi,kulamabhizinisi akho ayikho yini indlela obungafaka ngayo usisi uThembi,lokhu ngikusho ngoba mina no Thandi siyasebenza mhlampe naye kube nento achitha ngayo isizungu." uSindi encengela udadwabo.

"Kukhona engikucabangayo kodwa bengithi ngifuna ukukuveza sengibona ukuthi kuyaphumelela,kulenkampani esinayo azikho izindawo zokudla,manje bengicabanga ukuthi ngizokhuluma nabafowethu bemubhekele isikhala uThembi naye kubekhona akwenzayo,afake inkantini yakhe eMthombo Logistics,engazithola enebhizinisi elisimeme ngendlela exakusathane.okunye ngizomusiza ngemali yokuqala ibhizinisi bese eyaziqhubekela ngendlela yakhe,eyemali yomshado inganethusi ngizoninika imali ezodingeka ukulungiselela umshado,ohlangothini lwakini ngizoninika isigidi senhlamvu yemali yakithi,umuntu nomuntu okuyimali enginipha yona engahlangene nomshado."

Lufike usuku obekudala lulindelwe,akugcwele kuyachichima,izinhlobonhlobo zabantu kukhona ngisho ondlebe zikhanya ilanga abayiziqumama kanti bangosomabhizinisi.ube muhle umcimbi abantu bendawo bafinye ngendlololwane,isimanga lesi into engakaze yenzeka kwaNongoma okudala izinkulumo eziningi ezithi uMnqobi uthwele yikho avuka ekufeni wavuka nangezingane zandawonye.amakhehla endawo ayengawuvali umlomo ngalomcimbi ohlanganise bonke oHlabane wabenza bayimbumba,izimoto zingangozulu ebuya empini.

Kudlule izinyanga ezimbili kube inqophamlando yomshado,kushadwa abantu abathathu ngosuku olulodwa,konke kunjengokufisa kwakhe uMnqobi,nabafowakhe bafakile isandla ukuthi lomshado ube impumelelo.impela abantu balokhu bebabaze njalo ngalemcimbi elokhu ibakhona,kugcwele lapha naba befika abamaphephandaba i-Press Newspaper and Press News bezothamela umcimbi ozogcwala izwe lonke.

"Nazi ezihamba phambi,usomabhizinisi owanyamalala isikhathi eside kwaziwa ukuthi usendele kwelamathongo,uvukile kanti futhi namhlanje wenze ezibukwayo eshadelwa izingane zandawonye ezingomama bezingane zakhe,kubikwa ukuthi konke lokhu akukaze kwenzeka endaweni yakwaNongoma,ngingu Nqobile Sibisi KwaNongoma esigcemeni sakwaJuba."

# vusumuzi Khumalo & Simon T Mthombo

97

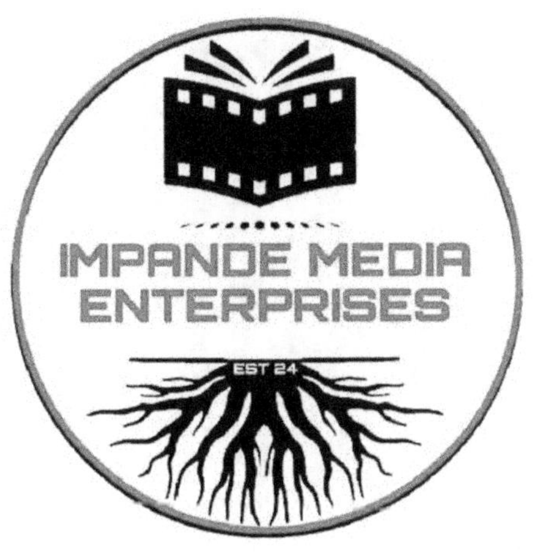

# About the Author

Impande Media Enterprise